海の見える理髪店

荻原　浩

目次

海の見える理髪店 7
いつか来た道 49
遠くから来た手紙 89
空は今日もスカイ 131
時のない時計 179
成人式 207
解説 斎藤美奈子 255

海の見える理髪店

海の見える理髪店

ここに店を移して十五年になります。

なぜこんなところに、とみなさんおっしゃいますが、私は気に入っておりまして。一人で切りもりできて、お客さまをお待たせしない店が理想でしたのでね。なによりほら、この鏡です。初めての方はたいてい喜んでくださいます。鏡を置く場所も大きさも、そりゃあもう、工夫しました。

その理髪店は海辺の小さな町にあった。駅からバスに乗り、山裾を縫って続く海岸通りのいくつめかの停留所で降りて、進行方向へ数分歩くと、予約を入れた時に教えられたとおり、右手の山側に赤、青、白、三色の円柱看板が見えてくる。

枕木が埋められた斜面を五、六段のぼったところが入り口だ。時代遅れの洋風造りだった。店の名を示すものは何もなく、上半分がガラスの木製ドアに、営業中という小さな札だけがさがっていた。

人が住まなくなった民家を店に改装したのだろう。花のない庭には、支柱も鎖も赤く錆びついたブランコが置き忘れられていた。ドアの両側には棕櫚の木が番兵のように突っ立っている。

これから髪を切るというのに僕は、ガラスに映る髪の乱れを直す。ボタンダウンシャツの第二ボタンを留め、細く息を吐いてからドアのノブに手をかけた。モビールチャイムが赤ん坊をあやす玩具じみた音を奏でた。

店の中は古びた外観を裏切るたたずまいだった。こぎれいで、清潔で、整然としている。浮かし模様のある白い壁紙はアイロンをあてる前の洗い立てのシーツのようで、よく磨かれたダークブラウンの床はスケートリンクにだって使えそうだ。ラベルの向きがきちんと揃えられた薬剤の容器が、完璧主義の演出家に立ち位置を決められた舞台役者に見えた。

店主は客用の椅子の脇に付属品のように立っていた。予約時間を見越して、僕が来る前からずっとそうしていたのかもしれない。自分のヘアスタイルには頓着がないのか、白髪のめだつ髪を染めもせず、短く刈りこんでいる。高齢だが背筋はしゃきりと伸びていた。

椅子に座るなり白い上掛けを着せかけられた。他人に、それも自分よりずっと年上の人間に袖を通してもらうのは、小さな子どもになったようで気が引けて、片袖には自分から手を突っこもうとした。が、向こうの動きのほうが素早かった。場所はすぐわかりましたか。問いかけられたから、頷いた。そうしたら唐突に話しだしたのだ。ここに店を移して十五年になります、と。

お客さまは、この町の方じゃありませんね。いえ、なんとなく。身なりもきちんとされてらっしゃいますし。どちらからお越しになられたのですか。ああ、それはそれは。こんな田舎までどうも。インターネットってやつですか、私はパソコンはからっきしですけれど、ここが少々噂になっているなんて話は、人づてに聞いています。長くやっているというだけの年寄りの店を面白がって、遠くから来てくださるお客さまがいらっしゃるのは、まぁ、ありがたいことです。

ありがたい、口ではそう言っても、本当は迷惑がっているふうに見えた。鏡に映る店主の顔には、ほかの表情が想像できない完璧な微笑みが浮かんでいるのだが、唇の両側に深く刻まれている笑い皺が、目尻にはなかった。

髪に温水がスプレーされ、頭に蒸しタオルが載せられる。

床屋で髪を切るのは何年ぶりだろう。高校を卒業してからは、流行りのヘアスタイルにしたくて、美容院でカットするようになった。なにしろ行きつけだった床屋のオヤジは、いつも僕の髪を自分と同じ七三分けにしようとするのだ。

　店主がタオルを頭皮に押しつけてくる。熱い、と声を漏らしそうになるほど熱い。だが、不快じゃない。そうそう、この蒸しタオルの、毛穴のひとつひとつにしみ入る熱さが床屋の醍醐味だったっけ。久しく忘れていた懐かしい感触だ。

　蒸しタオルからはかすかにトニックの香りがした。この匂いも懐かしい。大人の匂いだ。子どもの頃、床屋へ行くたびに、自分の知らない世界の手がかりのように嗅いだ、大人の男の匂い。


　どのようにいたしましょう。お客さまはお若いから、ふだんは床屋をご利用になっていないのではありませんか。ええ、わかりますとも。美容師さんと我々では切り方が違いますから。こんな田舎の床屋までわざわざ来られるなんて、何か思うところがおありなのでしょうか。

　失礼、よけいな詮索でした。何かを決断したり、変えようとする時に、床屋に行く、そういう方、案外に多うございますもので。長年この商売をやっていて私、つくづく思うのです。転機に髪を切るのは女性の専売特許ではなくて、男も同じだと。

　ご心配なく、古めかしい髪型にはいたしませんから。なんなりとご希望をおっしゃってください。

髪型にあれこれ注文をつけるのは苦手だ。いまの髪を少し切り戻すだけで。いつもの言葉を口にしかけたが、トニックの香りを嗅いでいるうちに気が変わった。せっかく評判の理髪店にやって来たのだ。僕は言ってみた。どんな髪型がいいでしょうか、お任せしてもいいですか。そのとたん、店主の目尻に皺が浮かんだ。

嬉(うれ)しいご注文ですね。床屋冥利(みょうり)につきます。ですが、お任せいただくなんて、とんでもない。ちゃんとご相談のうえで切らせていただきます。

そうですね、お客さまは細面(ほそおもて)でいらっしゃるから、もう少し両サイドにふくらみをもたせたほうがいいかもしれませんね。利き目はどちらですか。右ですね。では分け目も右にいたしましょうか。人の視線というのは分け目のほうに向くものなんです。利き目と視線が合えば、その方の表情もいきいきして見えますので。

どんなお仕事をされているんですか。立ち入ったことをお聞きするつもりはありませんが、大勢の人と接する仕事なのか、清潔感が大事な仕事なのか、信用が第一の仕事なのか、そのあたりだけはお聞かせください。仕事の柄とでもいいますか。

男の髪というものは、仕事の柄によって変えるべきだと私は思うのです。お顔だちゃ服装にだけでなく、日々の仕事にも髪型を合わせるべきではないでしょうか。昨今はほら、スポーツ選手とホストの見分けもつきませんものね。古い考えですけれど。
グラフィックデザイナー？　ああ、なるほど、本や雑誌なんかのデザインをねぇ。

　店主が僕の前髪をひと束つまみ、指先でさすった。小さく頷いてから、頭全体を骨董品の壺でも扱うような手つきで撫でまわしはじめる。ときおり首をかしげていた。毛質や頭の輪郭を確かめているのだろうけれど、この店で髪を切るのにふさわしい人間かどうか、資格試験を受けている気分だった。

　妙な位置にある僕のつむじのところで、手が止まる。店主はひとしきり髪をまさぐってから、小さなため息をついた。何を言われるかと緊張したが、皺のひとつみたいな薄い唇から出たのは、僕の新しい髪型に関するいくつかの選択肢と提案だけだった。

　僕が口を開く前に、店主が反論を断ち切るように、いつのまにか手にしていた鋏をかしゃりと鳴らした。そして、最終弁論といった口調で、たいていの方は、と切りだした。

　たいていの方は、なぜか、わざわざご自分に似合わない髪型をご希望になるのです。もうお若くないのに、若い頃のままの髪型をとどめようとなさったり、いかつい顔だちの方が、ヤサ男風の髪を望まれたり。私なんぞが言うのもなんですが、こうありたい自分と、現実の自分というのは、往々にして別ものなのでしょうねぇ。ちゃんと鏡に映っているんですけれど。

では、最初に説明してもらったほうでお願いします。そう答えた。店主のどの提案を受け入れても、僕の髪は、かなり短いものになりそうだった。

硬くし続けていた背筋を、ようやく椅子に預ける。手術台へ横たわった気分で。店主の言葉に従えば、一時間後には、僕は、僕の知らない本来の自分に出くわすことになるのかもしれない。

ヘッドレストとフットレストのついた椅子は、おだやかな抱擁のように僕を包む。体が沈みこむ柔らかさと、体を頼もしく支える弾力が黒革の中で拮抗して、水の上に浮かんでいる気分にさせる。

目の前には大きな鏡がある。その鏡いっぱいに海が広がっていた。沿道より高みにあるこの店は窓の向こうに遮るものがない。背後の窓の先にある海が、鏡に映っているのだ。

秋の午後の水色の空と、深い藍色の海。二つの青が鏡を半分に分けている。ほかの色合いは、絵の具の塗り残しのような白いすじ雲だけだ。右から左へ海鳥が横切っていく姿がなければ、一〇〇号の風景画を飾った額のようだ。

鏡、気に入っていただけましたか。どうぞ楽しんでやってください。まっすぐ前を見ていただけるから、こちらも仕事がやりやすいんです。うちは理容椅子で本をお読みになるのをご遠慮いただいていますが、最近は、椅子に座るなり携帯電話を取り出して、いじられる方が結構いらっしゃるんですよ。

後頭部の髪が櫛でぐいっと引き上げられる。毛根がつっぱるほどの力だ。逆撫でされた髪が、しゃきんという音とともに切られ、櫛から解放される。むず痒いような快感だった。

ぐいっ、しゃきん。頭をガラス製の置き物のように扱われる美容室とは音まで違う。床屋というのは、こんなに気持ちのいいものだったっけ。店主の腕のせいだろうか。

僕の座る椅子の斜め上の壁には、線画のリトグラフを飾るついでみたいに、賞状の入った額がかけられている。視界ぎりぎりまで目を走らせれば、棚の上の観葉植物にまぎれてトロフィーが置かれているのも見てとれた。

この理髪店の店主をかつて世間の噂にしたのは、腕に惚れた大物俳優や政財界の名士が店に通いつめていたという数々の逸話だ。去年、常連だった大物俳優が亡くなった時に、再びそのエピソードが話題になり、店主が東京から離れた海辺の小さな町で理髪店を続けていることも雑誌の記事になった。

ダメでもともとのつもりで予約の電話を入れたら、希望の日にちがあっさり取れた。僕が来る直前まで客がいた気配はなく、僕のあとに誰かが入ってくることもなかった。

会社はお忙しいですか。フリー？　ほぉ、独立されているのですか。そのお年で。たいしたものだ。いえいえ、毎日忙しくされているなら成功ですよ。新しい商売っていうのは最初の何カ月かで、成功か失敗かがわかるものです。いや、なんだか嬉しいですね。私も長く自営をやっておりますから、他人のような気がしません。

仕事っていうのは、つまるところ、人の気持ちを考えることではないかと私は思うのです。お客さまの気持ちを考える。一緒に仕事をしている人間の気持ちを考える。床屋にしろどんな店にしろ会社員にしても、それは変わらないと思うのです。

年寄りじみた説教をするつもりは毛頭ございませんよ。ただ、仕事柄、いろんな方々とお会いして、お話しさせていただいた末の、統計の結果のようなものをお伝えしているだけでして。

どんな道でも、成功される方というのは、人の気持ちを読む術に長けていらっしゃるんです。人情家というわけではなく、人の頭の中身を透かし見る能力とでもいいますか、人たらしと申しましょうか。言い方は悪うございますが、みなさん、いい詐欺師になれる素質がある。

私なんぞには真似（まね）ができません。私は、まぁ、長くやっているだけです。なにしろこの世界に入ったのは、戦時中のことですから。

後ろから前へ、ひととおり髪を切り終えると、店主は鋏を換え、櫛も違うものを手にして、また後頭部へ戻った。

一度目より手の動きが細かい。上掛けに落ちる髪の毛も今回はごく短かった。彫刻にたとえるなら、それまでが粗彫りで、いま始まったのが細部の仕上げといった感じだ。ひとつひとつの動作はゆったりしているのに、右手の指だけが寿命の短い小動物のようにせわしなく動いている。

さくさくさく。鋏の音が小気味いい。もともと話好きなのか、会話もサービスのひとつだと考えているのか、店主は饒舌（じょうぜつ）だった。

私、生まれは東京なんです。長屋ばっかりの下町でしたがね。祖父の代から床屋をやっておりまして。私で三代目。ですから、この仕事につくことは、生まれる前から決まっていたようなものでした。

国民学校の頃から、家へ戻るとすぐに店を手伝わされました。満年齢でいえば、まだ十一、二ですから、遊びたい盛りだったのですけれども。

お客さんの髪になんて触らせてもらえません。毎日、床の髪掃除ばかりです。お客さんが帰るたびに落ちた毛を残らず片づける。それが親父の信条でしてね。一本でも残っていたら、拳固（げんこ）が飛んできました。地元ではいちおう老舗（しにせ）でしたから、職人や弟子もいて、人手には困っていないのに、なぜ自分がと思ったものです。

あの頃の床屋の職人さんは十二、三で弟子入りしていましたから、いま思えば、先々、私が店を継ぐ時に、職人たちに侮られないように、という親父の配慮だったのでしょう。まぁ、父親ってものは、とくに昔の父親は、子どもに可愛（かわい）いだの、期待しているだのなんて、金輪際（こんりんざい）言ってくれないものです。でも、人さまには負けたくなくても、息子にだけは負けてもいい、心の中じゃそんなことを思っているものなんですよ、いや、ほんとうに。

店主は僕の頭にだけ視線を集中させて喋（しゃべ）り続ける。そのあいだも手は止まらない。左手の親指だけで器用に櫛を持ち、ひとさし指と中指で僕の髪を梳（す）き上げる。長い指だ。肘を高く上げたまま指を微妙にずらしながら、精巧な細工を施すまなざしで、ほんの少しずつ髪を切っていく。僕なんか鋏を持っている時に誰かと話をしようものなら、色紙細工だったとしても指のほうを切ってしまうだろう。

時局が厳しくなると、男はみんな丸刈りで、床屋で髪を切ろうって人は減ったものですから、あちこちで床屋が廃業していきました。うちはなんとか続いていましたが、人手はなくなりましたね。床屋は平和産業なんて言われてましたから、目をつけられてたんでしょう。職人がすぐに兵隊にとられるんです。理容椅子の台は金属ですから、それを軍事供出せよとのお達しが来たり。

まぁ、おかげで、中学に入る頃にはバリカン刈りは任せてもらえるようになりました。初めてのお客さんのことはよく覚えています。履物屋の若旦那でした。いつもハイカラなオールバックにしている人だったのですが、その日はなぜか「今日は坊ちゃんにやってもらうよ」と私を指名したんです。

応召(おうしょう)だったんですね。軍隊へ行くために、髪を切りに来たんです。憲兵に殴られてもポマードをやめなかった人が、いきなり丸刈りですからね。鏡ごしに見る若旦那の思いつめた顔は、いまでも覚えています。お国を護(まも)る決意を固めていたのか、ただ悔しかったのかはわかりませんでしたが。「戦争が終わったらまたオールバックにするから、腕を磨いといてよ」私にそう言って、ヤミでしか手に入らなくなっていたキャラメルをくれました。結局、帰ってはこなかったですね。

店主が僕の頭に指をあてて、顔をあおむかせる。鏡の中の水平線がほんの少し落ちこみ、窓の上の壁掛け時計が見えた。鏡の中の時計は左右があべこべで、午後四時のはずの短針が、八時の方向を指している。傾いた陽(ひ)が藍色の海に金の粒をまき散らしはじめた。

お若い方には退屈でしょうね、こんな話。少しお眠りになりますか。よろしいんですか。では、話を続けさせていただきます。年寄りですから、こんな話しかできませんが、親父には、話術も床屋の腕のひとつだと教えられました。いえ、直接言われたわけではありません。背中で教えられたんです。

私や家族や職人には仏頂面しか見せないくせに、店では口数も多く、客には愛想のいい人でした。相手が外地帰りの電気技師でも、女学校の歴史の先生でも、ちゃんと話についていけるのは、確かにたいした腕だったと思います。陰で努力をしていましたからね。新聞を隅から隅まで読んだり、定休日には好きでもない落語を浅草まで聞きに行ったり。おふくろは、お父さんは店で一日の言葉を使い果たしてしまう、なんてこぼしていました。結局、昭和二十年の大空襲で、店は焼けてしまいましたが。

店主が半歩下がって老眼鏡を額にあげ、僕を眺めはじめた。後ろ、右側、左側、前。真剣な表情からは微笑みが消えている。照れくさくて頬がくすぐったかった。ふむ、と頷いたから、カットは終わりかと思ったら、またもや違う鋏を手に取った。盆栽の手入れみたいに、ところどころにほんの少しだけ鋏を入れられる。カウンターのトレイに載った銀色に光る鋏は、いったい何本あるんだろう。

終戦は、中学二年の時です。ええ、いまの方がお考えになるより立ち直りは早かったですね。九月にはもう授業が再開しました。学校は半分焼け残っていましたのでね。立ち直りの早さは呆(あき)れるほどでしたよ。教師たちが最初に何をしたかというと、修身だとか国史だとか、私たちにさんざん軍国教育を叩(たた)きこんでいた教科書の回収ですから。学校が馬鹿らしくなって、サボタージュするようになり、そのうちまったく行かなくなりました。家を出て、ヤミ市で使い走りのようなことを始めちまいまして。

私、絵描きになりたかったんですよ。学校でも図画がいちばん得意でした。継がなくちゃならない店があった時はただの夢でしたが、もうその店がないわけですから。拾い集めた吸い殻をばらして紙巻き煙草(タバコ)をつくる片手間に、ちびた鉛筆でデッサンの練習をしていました。武蔵野にあった美術学校が再開すると聞いていたので、そこに入学するつもりだったんです。終戦の翌々年に親父がバラックで床屋を再開した時にも、手伝う気はまるでありませんでした。

でも、私、肝心なことを知りませんでした。美術学校は、旧制中学を卒業していないと受験資格がなかったんです。

店主が鏡ごしに僕の顔を捉えて尋ねてきた。デザインの仕事には、専門の学校などがあるのですか、と。グラフィックデザインの場合、専門学校もたくさんあるが、僕は美大を経てデザイン事務所に就職した。なんとなく言いづらかったが、正直に答える。イラストレーターとしてもぽつぽつ仕事がくるようになったことも。

珍しく店主が動きを止めた。自分の手に目を落としていた。なぜそこに絵筆ではなく鋏があるのかと訝しむみたいに。僕の視線に気づくと、顔をくしゃりと歪めて笑った。

いやぁ、素晴らしい。同じせりふを繰り返した。いや、素晴らしい。

ヤミ屋の仕事を抜けたあと、しばらくは看板屋の見習いをしながら、美術展に応募なんぞをしていたのですが、箸にも棒にもかかりませんで、結局、家へ舞い戻りました。親父に頭を下げて、また床掃除から始めたんです。私は十八になっていました。

理容学校には行っておりません。全部、見よう見まねです。親父に手取り足取り教えてもらった記憶もありませんで、私に言うのは相変わらず、床に髪の毛を一本も残すな、ですよ。ただし戦前とは意味合いが違っていました。髪を佃煮屋に売るためです。当時は物が不足していましたから、筋の良くない佃煮屋は、髪の毛を化学醤油の材料にしていたんですね。ほら、髪の毛はアミノ酸ですから。

子どもの客の頭なら刈ってもよし、となったのが、戻って二年後。なんとか椅子をひとつ任されるようになったのが、四年目。それからまもなくです。お客さんの前で怒鳴られながらも、やっと店で隣に立てたと思ったら、心臓の病で親父は死にました。ほんとうにもうある朝、ぽっくり。


こんな話、退屈ではありませんか。何度も店主が聞いてくる。そのたびに首を横に振った。僕には、遠い昔だと思っていた時代の光景が、目の前の鏡に映しだされているように思えた。なにしろその頃を生きていた本人が、いままさに僕の髪を切っているのだ。

髪はずいぶん短くなった。うなじがうすら寒い。前髪が消えた額と、半分隠れていた耳があらわになった僕は、いつもと違う人相をしていた。そうか、俺、こんな顔をしていたんだ。

鋏を剃刀（かみそり）に持ちかえて、毛先を削るような動作を繰り返していた店主が、しぶしぶといった感じでようやく僕の髪を手放し、上掛けに落ちた毛をブラシで落としはじめる。そして鏡の中から消えた。そのあいだにも言葉は続く。

そんなわけで、私は二十そこそこで店を背負（しょ）うことになりまして。お客さんはとたんに減ってしまいました。そりゃあそうです。つい昨日まで親父に怒鳴られていた若造になんか、髪を刈らせたくはありませんからね。私が客だって、そう思いますとも。

　それからです。自分に猛特訓を課したのは。いまは練習用のマネキンがありますが、当時はそんなものありゃしません。こっちが金を払ってもいいから髪を切らせてくれって、手あたりしだいの人間に頼みこんだり、落ちた髪を佃煮屋に売るのをやめて、もともと短いのを糸で束ねて五分刈りになるまで刈ったり。あの頃は野良猫や野良犬の死体が多かったですから、そいつを拾ってきて鼻の穴にメンソレータムを塗って練習台にしたこともあります。とにかく毎日、練習練習でした。客が減ったぶん、時間だけはありましたから。お客さんが戻ってきたのは、昭和三十年代に入ってからですね。私の修練が実を結んだと言いたいところですが、理由はもっと単純でした。

　慎太郎刈りです。ああ、ご存じないですか。都知事になられたあの方のお若い頃の独特の髪型で、弟の石原裕次郎さんの主演映画がきっかけで大流行したんです。前髪を長くしたスポーツ刈りという感じでしょうか。

　私が界隈(かいわい)の店ではいちばん慎太郎刈りがうまい、と評判になりましてね。なにせあの頃は、町を歩けば、右を見ても左を見ても慎太郎刈り、でしたから。おかげで店は軌道に乗りました。

　なんてことはありません。私自身が裕次郎の映画のファンだったもので、同じスタイルにしたいと思ってあれこれ研究して、自分で自分の髪を慎太郎刈りにしていたんです。前髪とサイドのバランスが難しいのですけれど、そう手間はかからないから、お客さんがたくさんさばけて、あれは、ありがたいスタイルでしたね。

石鹸（せっけん）の匂いに振り返る。店主が四角い陶器に茶せんに似たブラシを突っこんで泡だてていた。

そうなのだ。床屋は髭（ひげ）も剃（そ）ってくれる。近所の床屋に通っていた頃の僕は、髭なんてろくに生えていなかったから、いつも料金の安い調髪のみのコースを選んでいた。他人に髭を剃ってもらうのは、たぶん初めてだと思う。

三十年代は、床屋にとっていい時代でした。常連さんは、月に二回は来てくれたものです。ほかに娯楽が少なかったんでしょうね。散髪は男の楽しみのひとつだったんですよ。予約なんてものはありません。みんな気長に順番を待ってくれました。置いていた将棋盤で始まった勝負が終わらなくて、こっちも見物にまわったなんてこともしょっちゅうです。子どもたちはみんな漫画本に夢中で、自分の順番が回ってくると逆にしかめっ面をするぐらいで。

そうそう、あの頃は女の子も床屋です。みんな乙女刈りっていう、オカッパのうなじを刈り上げる同じスタイルでしたから。テレビを置いたのも近所の床屋じゃ、うちがいちばん早かったと思います。

女房を貰ったのは、店にテレビを置いた年です。なぜ覚えているかといえば、熱海への新婚旅行を取りやめて、テレビを買う月賦の頭金にしたからです。遠い親戚筋の女でね。秋田から出てきて、店の雑用をしていたんです。静かで働き者の女でした。私というより母親が気に入ったんですね。なんだか知らないうちに話が進んで、まぁ私も、よくよく見れば器量は悪くないな、なんて程度で縁談に乗って、いつのまにか所帯を持っていました。昔の結婚なんて、そんなものです。

髭そりに身構えていた僕は、拍子抜けすることになる。襟足だけを剃り上げると、店主がもう一枚、ビニール製の上掛けを着せかけてきて、こう言ったからだ。まずシャンプーをいたしますので、こちらへ。僕は立ち上がり、店主の背中を追う。椅子から見上げている時には、この世代にしては長身に思えた体が、やけに小さく見えた。

洗面台は部屋の隅にあった。その手前には、僕が座っていたのと同じ造りの椅子。一人で切りもりするのが理想と話していた店主が置いている、もうひとつの理髪用の椅子だ。あの椅子からも海は見えるのだろうか。

洗面台の前に座る。美容室のあおむけの姿勢でのシャンプーに慣れてしまっているから、最初はとまどった。店主に促されて前かがみになり、頭を突き出す。

店内には低く静かに音楽が流れている。いまかかっているのは、ビートルズのルーシー・イン・ザ・スカイ・ウィズ・ダイアモンズ。店の奥にあるカセットレコーダーからだった。僕は店主に尋ねた。ビートルズがお好きなんですか、と。初めてこちらからかけた言葉は、かすれ声になってしまった。

ビートルズ？　ああ、いま流れている曲ですね。気づきませんでした。音楽はお客さまにリラックスしていただくためのもので、私自身に何がしかの好みがあるわけじゃありません。お客さまの年齢や雰囲気に合わせて、勝手に選曲させていただいてます。ふだんはクラシックや映画音楽が多いですかね。なるたけ静かなものにしていますが、リクエストがあれば、歌謡曲だっておかけします。

お若い方の曲はあまり用意しておりませんので、ビートルズでも、と。

長い長いすすぎ洗いのあと、シャンプーがかけ回された。冷たい。石鹸の匂いのシャンプーだった。店主は撫ぜるような手つきで、僕の髪を洗うというより、頭皮を揉みほぐしていく。

二度目のすすぎ。またシャンプーが注がれ、髪が泡だつ。指の力はさっきより力強い。

しゃくしゃくしゃく。自分で髪を洗う時には立たない、小気味いい音がする。

好きか嫌いかと言えば、ビートルズは好きにはなれませんね。古い床屋はみんなそうじゃありませんか。歌がどうのこうのという話ではなく、あの髪ですよ。

昭和四十年代の初めだったでしょうか。あの連中が日本に来てからです。床屋という仕事が左前になったのは。髪が伸びたら、男はみんな床屋へ行く。太陽が東から昇って西に沈むのと同じくらい当たり前だと思っていたことを、あの連中がぶちこわしてしまったんですから。

いきなりではなく、ゆっくりです。あの時期を境に、床屋という職業はゆっくりゆっくり傾いていきました。私ら古い床屋は、東から昇ったおてんとさまが、この先もずっと西に沈むと信じきって、世間の流れから目を背けていたのかもしれません。気の利いた床屋はパーマを取り入れましたが、私の周りの同業は、グループサウンズなんてあんなおかしな連中のブームはすぐに終わる、なんてタカをくくっていましたから。

ヒッピーやらフーテンやら、乞食みたいな髪の若いのが当たり前に街をうろつくようになると、昔ながらの床屋がぽつぽつと毛が抜け落ちるように潰れはじめました。

うちも例外じゃありませんでした。私、三十一の時に、理容コンクールというので、ちょっとした賞をもらったのですが、そんなもの、屁のつっぱりにもなりませんでした。

二人いた従業員に給料を払うのが厳しくなってきまして。私一人が椅子に立ち、女房に雑用を手伝わせれば、店は続けられるとわかっていたのですが、従業員をクビにするぐらいなら、店を畳もうかと考えていました。従業員思いだったわけじゃありません。理容椅子を三つ揃えた老舗の三代目のただの見栄ですよ。落ち目だと笑われることが怖かったんです。

仕事がうまくいかない時というのは、私生活もだめになるものです。私、お酒が好きでしてね。酔うと自分を失くしてしまうクチで。女房に手をあげるようになってしまったのです。無口でおとなしい女でしたから、喧嘩にはなりません。なんにも口答えせず、恨みごとも言わず、私が投げつけて割ったコップやとっくりのかけらを黙々と片づけるだけです。

ですが、お客さま。後学のためと思って聞いてください。無口でおとなしい女ほど恐ろしいものはありませんよ。

ある日、私が商店会の親睦旅行から帰ったら、家から女房の姿が消えていました。あいつの服と持ち物も。ゴミ箱には、馬券を当てるたびに、喜ぶだろうと思って私が買ってやったスカーフやら髪留めやらアクセサリーやらが、全部捨ててありました。

秋田の実家に帰ったきりの女房からは、しばらくして離婚届が送られてきました。子どももいませんでしたし、ためらいなく判を押しました。十何年いっしょに暮らしていても、私とあれは、鏡の向こうとこちらにいただけだったんですね、きっと。手を伸ばしあっても、じつは逆の手だから握手もできない。あ、かゆいところはございませんか。

泡だった側頭部が手のひらでこすられる。かぎづめの指が頭頂を揉みあげる。強く、弱く、また強く。頭が上下左右に揺れるのが爽快だ。痛くありませんか。目にしみませんか。店主があやすように言う。

三度目のすすぎ。リンス。そしてまた長いすすぎ。

散髪用の椅子に戻ると、濡れた髪がタオルで乾かされ、ドライヤーの風があてられる。そのあいだ、僕はただ椅子に座っているだけ。子どもみたいになすがままにされるのが心地よかった。

あれはいつだったか、女房と正式に別れたすぐあとでしたかね。もう意地を張る気力もなくなって、結局、従業員には二人とも辞めてもらって、一人には広すぎる店で、ぼんやり客を待っていた時のことです。

恐ろしく髪の長い青年がやってきたのです。お釈迦様が描かれたTシャツを着て、ラッパみたいなジーパンを穿いて、腰に届くほどの長い髪でした。十五センチぐらい切ってくれ、なんて注文だったら、叩き出してやろうと思ったものです。

ですが、その青年の注文は、七三にしてくれ、でした。もう私はほくほくですよ。奴さんの気が変わらないうちにと思って、とりあえずばっさりと一太刀を浴びせてから、理由を尋ねました。

そうしたら、こう言ったんです。同棲している女の子が妊娠した。音楽を続けていてもメシが食えないから、ちゃんとした働き口を探す、とね。

髪を切られながら、泣くんですよ。髭面のくせに。履物屋の若旦那を思い出しました。いつもより腕によりをかけて調髪して、サービスで髭も剃ってやりましたっけ。

その時に私も決めたんです。店を変えようってね。青年が帰ったあと、私も慎太郎刈りにしていた髪を切りました。以来ずっと、この頭です。

老舗っていうだけのボロ店に、いつまでもしがみついていちゃだめだ。そう考えて、借金をして改装したんです。後になって経営コンサルタントをされているお客さまから教えていただいた言葉ですが、ハイリスク、ハイリターンというやつですね。

待合室にテレビや漫画を置くのをやめ、ホテルのロビーみたいな造りにしました。従業員を新たに雇いました。それまでの若いのを一から育てあげるっていう方針を曲げて、腕の立つ男を一人だけ、高給を約束して名のある店から引き抜いたんです。それから、マッサージを一から学びました。ちょうどエステティックが外国から日本にやってきた時期で、まだ珍しかったエステの講習会に二人で通いました。シャンプーもトニックも何もかも、いままでは経費を考えて手を出さなかった上等の品を揃えることにしました。そのかわり、料金を高く設定したんです。よその店が理髪料を千円にあげるのを躊躇していた時代に、倍近い千八百円ですから、清水の舞台どころか、エベレスト直滑降です。

どうせなら最後に、自分の理想だと思える店を構えて、ひと勝負しようと考えたのです。だめだったら、それこそ自分がフーテンになるつもりでした。

これが当たりましてね。不思議なものです。いままでのお客さんには敷居が高すぎると敬遠されましたが、新しいお客さまが来てくれるようになりました。細ひもみたいな歴史とはいえ、創業年数が古いっていうのも、売り物になりました。店を守ってくれた親父と祖父には、感謝しなくちゃなりません。それと、もう一人、感謝しても、し足りない方がいらっしゃいます。一時的な流行りだったかもしれない店を、本当の意味で繁盛させてくれた方との出会いがあったんです。

マッサージが始まった。長い指が僕の頭皮に柑橘系の香りのするオイルをすりこみ、頭を揉みほぐしていく。頭蓋骨の合わせ目を狙って指が差し入れられている感じだ。かすかな痛みも快感になる。両方の顎のつけ根とこめかみに手があてられ、首を引き抜くように持ち上げられた時には、思わず声を漏らしてしまった。

私なんぞが名前をお出ししたら、ご迷惑になりましょうから、誰とは申し上げられませんが、有名な俳優の方にご贔屓（ひいき）いただくようになったのです。

初めてお店に来られた時には驚きました。突然、ふらりとお越しになったのです。まさしくスクリーンの中から抜け出てきた、としか言いようがありません。

当時、浅草の芸人さんから脇役の俳優になられた方が店にちょくちょくいらしていて、その方からうちのことを聞かれたようです。椅子に座るなり、こうおっしゃいました。ヤクザ映画に出るから、それらしい髪型にしてくれ、と。

困りました。最初はブロースをお勧めしたんです。ブロースというのは、ようするに角刈りですが、床屋泣かせの難しい髪型でしてね。しかもあの方は毛質が柔らかめで、短く刈っても四角く毛が立ちそうにない。こりゃあ無理だと思って、ご相談し直しても、「お任せします」とおっしゃるだけ。いつも何かに耐えているようなあのお顔で、目を固く閉じられたままで。きっと、あの方も悩んでおいでだったのですね。善人の二枚目ばかり演じることに限界を感じておられたのではないでしょうか。

理容コンクールの決勝の場に立っている気分で、サイドを地肌が見えるぐらい短くして、トップを長めに残してみました。得意技だった慎太郎刈りの角刈り版といった感じです。長めに残した毛は、ドライヤーと大量の整髪料で立たせて。その時にこしらえたのが、あの方のトレードマークになった髪型です。

たいそう気に入っていただきました。そのあと、撮影所にも呼ばれたんですよ。メーキャップの人間では、どうしても毛が立たないって、じきじきにお電話をいただいて。

私のこしらえた髪で、あの方が主演されたその映画は、三回、いや四回観ましたね。ようやく自分の仕事に誇りを持てる気がしたものです。

それ以来、うちに通ってくださるようになりました。散髪がお好きな方でね、撮影のない時期には、週に二回も来られるんです。店が混んでいてもちゃんと順番を守られて、待合室で宙を睨み続けられて。ほかのお客さまは、そりゃあ驚いていました。店を予約制にしたのは、その時からです。

あの方が来る店ということで評判になっただけでもありがたいのに、何かの折りに、マスコミにうちの名前を出していただいたらしいんです。それからですね、店が夢のようにうまくいきはじめたのは。

いろいろな方がお見えになりました。

奇抜な髪型で人気があったコメディアンの方は、店ではほとんど何もお喋りになりませんでしたね。むっつりと、ほんとうに不機嫌そうに、舞台に上がるだけでお客さんを笑わせるあの頭が仕上がるのを眺めておられました。

重厚な文体で有名だった小説家の方のご注文はいつも、髪を上げて立たせろ、でした。

けっしてお似合いにはならないのですけれど。お小さい方でしたから、少しでも背を高く見せたかったのでしょう。

案外、芸能界の方より、政治家のお客さまのほうが髪型にうるさかったりしましたね。大臣を歴任されたある方は、テレビ討論会に出演される前日には、いつもSPを連れてお見えになったものです。白髪染めの生え際が数ミリ伸びただけでも染め直し、薄毛が進まれた額に、脇から髪を持ってきてがちがちに固めて。それはもう、銀座のホステスさんも顔負けです。

ええ、私、いろんな方を見てきました。ずっと、鏡ごしに。

頭に続いて、肩。首ががくがく揺れた。マッサージなんて頼んだことは一度もないから、どうにも居心地が悪かった。なにしろ、してもらっている相手は、僕よりよほどマッサージが必要に思える年齢なのだ。素晴らしく気持ちが良かったが、なんだか申しわけなくて、早く終わることばかり願っていた。だが、店主の腕はとまらない。二の腕、前腕。手のひらまで揉みほぐされる。

鏡に映る空の色に薄いオレンジが混じりはじめ、海の色がだんだん暗くなってきた。

お若いのに、凝ってらっしゃいますね。デザインのお仕事というのは、比べるのは失礼かもしれませんが、床屋と同じ細かい手作業なんでしょうね。ああ、いまはパソコンですか。いや、それにしても、お仕事をがんばってらっしゃる証拠だ。素晴らしい。

どこまでお話ししましたっけ。ああ、そうでした。そういうわけで、名のあるお客さまが店にいらっしゃるようになりました。そうしますと、周りからは、調髪の達人だの、経営手腕があるだのと、ちやほやされはじめまして。こういう時ほど頭(こうべ)を垂れるべきなのに、私、すっかり勘違いしてしまったのです。

年齢も威張りたい盛りでした。お客さまに年下の方が多くなってきますとね、丁寧に接客しているつもりで、知らず知らず腰が高くなってしまうんです。そして、人間、ひとつの仕事を長くやっているうちに、とくに単純作業が多うございますと空(す)いた頭をこねくりまわして、経営やら人生やらの哲学めいたものが芽生えてくるもので。

下げなくなった頭で、私はこんなことを考えはじめたのです。理容コンクールで全国一になったこともある自分が、経営者としても優れたこの俺が、他人の髭を剃ったり、頭を洗ったり、耳掃除までしたりする、こんな仕事をいつまで続けるのだろうと。

銀座に二号店を出したのは、四十八の時でした。事業欲というと聞こえはいいですが、たぶん欲しかったのは「箔(はく)」でした。薄っぺらな金箔です。ここを軌道に乗せたら、もう現場仕事はやらず、経営に専念しようなんぞと考えまして。親の代からの本店は、店を改装した時に雇った腕ききに任せて、私は銀座店で陣頭指揮をとるようになりました。

こうありたい自分と、現実の自分が、見えていなかったのだと思います。

お客さまも先々、事業を広げられるなら、くれぐれもご注意を。どんなに会社を大きくされても、社訓じゃなく初心を飾ってください。そうですか、ずっと一人でやられていくおつもりですか。それが賢明かもしれません。


頭と肩と両手を揉みほぐされた僕は、椅子の上で放心していた。店主の指の痕がまだ疼(うず)いている。体中に血が駆けめぐっていた。きっと僕は射精の後みたいな間抜け面をしていただろう。それぐらい気持ちが良かった。

椅子の背が倒された。マスクをした店主が、僕の顔に蒸しタオルを押し当てる。石鹸の香りが鼻をくすぐり、泡だてる音が聞こえた。

蒸気が肌にたっぷりしみこむと、タオルが取り去られ、頬に生温かい石鹸が塗られた。


二番目の女房をもらったのは、二号店を出した翌年です。女房は、仕事が終わった後に私が通うようになった銀座の店で働いていました。銀座の店と言っても、普通の小料理屋です。女将(おかみ)の友人の娘で、頼まれて手伝っていただけで。昼間はＯＬをしていました。

出会った当初は、たぶん私、嫌われていたと思います。昼間頭を下げているぶん、飲み屋ではふんぞり返っていましたから。前の時とは違って、口説きに口説いて結婚しました。

よくできた女房でした。ひと回り年下でしたのに、私はいつも説教されてばかりでね。店に来たタチのよくないお客さんの悪口を言おうものなら、それを我慢するのも料金のうちよ、私もあなたが最初にお店に来た時に、そう思って我慢した、なんてね。あいつに言われると、腹が立たないから不思議でした。

子どもも生まれました。前の女房の時には子宝に恵まれませんでしたので、五十を過ぎてからの初めての子どもです。そりゃあもう可愛くて。人生に山と谷があるのだとしたら、まさにあの時が私の人生の頂きでした。

ただし、いい時というのは、長くは続かないから、いい時なのでして。いまはこうしているわけですから、お察しのとおり、銀座への出店は失敗でした。二号店の経営がうまくいかなくなると、私はまた酒に逃げるようになってしまいました。

前のと違って二度目の女房は、私の酒がすぎると酷く怒って、いつも口論になりました。ただし手はいっさいあげていません。あいつにそんなことをしたら、倍にして返されます。手をあげないかわりに私は家に帰らなくなりました。よそに女をつくってしまったんです。女房には惚れていたのに。明日も仕事でしょ、とか、体が心配だから、なんて言葉を聞かずに酒が飲みたいばっかりに。

シェービングが始まると、刃物を手にしているためか、店主の口数は少なくなった。髭が削られる通り雨みたいな音の合間に、ときおりマスク越しのくぐもった声を響かせるだけだ。

たくさんの方にお会いして、お話をいろいろ伺って、人間を磨いてきたふうなことを申しましたが、じつは私、ちっとも磨かれちゃあいなかったんですね。理容椅子じゃなく、自分が座る椅子が欲しくて、芸術家の卵を気取ってたガキの頃から、なんにも変わっちゃいませんでした。

きっと私はなんでも鏡ごしに見ていたんだと思います。真正面から向き合うとつらいから。

結局、店は二軒とも人手に渡りました。銀座の店を諦めれば、経営は続けられたと思うのですが、まぁ、いろいろありまして。

じつは私、人を殺めたことがあるんです。

喉に当てられた剃刀が急に冷たくなった。店主の言葉は偶然ではなく、喉に刃物をあてがう時を狙って発したとしか思えなかった。僕を試しているように。いや、彼が自分自身を試しているのかもしれない。たぶん客という鏡に映る自分を知りたいのだ。

二十六年前です。本店を任せていた男が、突然、店を辞めて独立すると言いだしたのです。長くうちの店を支えてくれた私の片腕で、彼も四十になっていましたし、妻子もいましたので、いつかはそうなると思っていました。でも、こちらはゆくゆくはのれん分けのようなことを、と考えていましたから、裏切られた気分で無性に腹が立ちましてね。従業員も一人連れていく、顧客名簿も分けろ、なんて要求を突きつけられて、爆発しちまいました。営業時間が終わった本店で押し問答になったんです。

常連さんと飲んでいる時に呼び出された私は、酒もだいぶ入っていました。何を言われたのかいまでは思い出せないような言葉にカッとなって、たまたま近くにあったヘアアイロンで頭を殴ってしまったのです。よりによって店のシンボルにしていたごつくて重い旧式のやつで。

最初は意識があったんです。救急車を呼んだのも私です。すまないすまないと繰り返し謝りながら病院で付き添っていたところを、警察に連れていかれました。死んだと聞かされたのは、翌々日になってから。取り調べ室の中でです。傷害致死でしたので、人を死なせたのに、刑期は申しわけないほど短かったですね。

妻とは服役中に離婚しました。向こうは拒絶しましたが、強引に説き伏せて。面会には一度も来ていない、私が逮捕されたと知って逃げたに違いない女と一緒になる、そんな嘘までついて。この先、あいつと子どもが人殺しの妻、人殺しの子、などと言われたら不憫ですから。それっきり、一度も連絡していません。

いつのまにかシェービングは終わっていた。店主も鏡の前から消えていた。まだ彼の定めた工程は終わっていないようで、新たな薬剤か道具かを取りに店の奥へ行っている。倒されたままの椅子から顔を上げると、鏡ごしに壁掛け時計が見えた。長い時間が過ぎたように思えたが、この店に来てからまだ一時間しか経っていなかった。鏡に映る時計は、秒針が左回りに進む。時が逆戻りしているようだった。

刑務所では、衛生夫と兼務で理髪係をやっておりました。受刑者に床屋なんてそういるものじゃありませんから重宝されました。といっても刑務所の中で選べる髪型は丸刈りか短い角刈りのどちらかで、道具はバリカンひとつなのですが。

甲子園に出る高校生、みんな丸刈りでしょ。清々しいなんて言う人が多いですが、私はそうは思いませんね。私らにとっちゃ商売あがったりの髪だからってわけじゃありません。戦時中と刑務所を思い出してしまいます。

蓄髪と言いまして、出所の近い受刑者だけは髪を伸ばすことが許されるんです。そういう人間の髪を調えるのが唯一の楽しみでね。自然と力が入りました。刑務所を出たはいいけれど、仕事を見つけるのに苦労するって話を聞いていましたから、雇い主さんに少しでもいい印象を与える髪に仕立ててやりたくて。

最後は顔のマッサージだった。

店主の指が僕の目の縁をなぞっていく。まぶたの上、目尻、目ぶくろ、目頭。円を描いて何度も。店主の体温が移ったように眼球の周りがほてると、ひんやりした冷たいタオルで両目を覆われた。

指が鋭敏な触角のように迷いなく僕の顔を這う。五本の指で頬を撫でまわされた。鼻筋をさすられた。顎をゆっくり揉まれた。僕の顔の骨格を確かめているような動きだった。

出所した時には、もう床屋は辞めるつもりだったんです。自分のような人間が人さまの前で刃物なんぞ握っちゃあいけない。そう考えまして。刑期を務めているあいだに、人に頼んで店は売ってしまいました。

とはいえ、刑務所を出た人間に勤め口がないというのは、本当でした。幸い二度目の女房と建てた家は残っていましたし、バブルとやらで店も高く売れましたから、ご遺族に賠償金を受け取っていただいた後も、当面食うには困らなかったのですが、何もしないで家でじっとしていても、ろくなことはありません。自分が死なせた男の顔ばかり浮かんでしまうんです。

だから、保護司さんの紹介で、老人ホームの出張散髪というのを始めたのです。ボランティアでも構わなかったのですが、料金もいただけました。それでつくづく思ったのです。私にはやっぱり床屋しかないと。

東京の家を売って、かわりにここを買い、床屋に改装しました。場所はどこでも良かったんです。海が好きだったから、海の近くにしただけです。東京から離れて、自分を知る人間が誰もいないところであれば、本当にもうどこでも。

最初は看板も何も出していませんでした。お客さまが誰も来なくても、自分が床屋でありさえすれば、それで良かったんです。バス通りにサインポールを立てたのは、ここが床屋だと知った地元の方が、ぽつぽつと来てくださるようになってからですね。

床屋の円柱看板の三つの色は、赤が動脈、青が静脈、白は包帯を表している。僕にそれを教えてくれたのは、かつて通っていた床屋のオヤジだ。昔のヨーロッパでは、床屋は体の悪い血を抜き取る治療を行う外科医でもあったから、その目印なのさ。オヤジは自分が昔は外科医だったかのように威張ってそう言っていた。

沿道に置かれたこの店の円柱看板には電源がなく、赤と青の血管に流れている血は凝固したまま動かない。

鏡にこだわったのには、わけがあります。お客さまに海を眺めていただける、なんて口実で、その鏡、本当は私自身のためなんです。

床屋は大きな鏡の前に立つ仕事です。お客さまに常に姿を見られる商売です。それがつらかったんです。海をずっと見ていていただければ、私の顔には気をとめないだろう。そう考えまして。私の顔など誰も覚えちゃあいない、そう思いつつ、いつか誰かに、お前は人殺しだろう、と指をさされるのが恐ろしくて。

夢にもよく見ます。顔に蒸しタオルをお当てしたお客さまが、私に指を突きつけるのです。「お前は人殺しだ」。お客さまが椅子から体を起こし、タオルが落ちます。現れるのは、私が殺めた男の顔です。

やけに長かった顔のマッサージが終わって、椅子の背が元に戻される。

まぶたを開けると、目の前の鏡が輝いていた。水平線に沈もうとしている太陽が映りこんでいるのだ。僕は眩しさに目をそむける。

ここに店を構えて三年目のことです。あの方がまた来てくださったんですよ。

近くで映画のロケがあったから。そうおっしゃって。私は言葉もなく、ただただお辞儀を繰り返すばかりでした。知っていました。本当は映画になんてもう何年も前から出られていないことを。

テレビドラマの助演のために長く伸ばされていた髪を「昔のようにしてくれ」とおっしゃられたので、初めていらした時以上に念入りに調髪しました。あの方の髪はめっきり薄くなって、はりもなくなっていましたから、それはもう念入りに。

以来、週に二度とはいきませんでしたが、月に一度は来てくださいまして。あの方の髪を最後に調えたのも私です。亡くなる半月前に、病院に呼ばれたのです。持てるだけの道具を持って飛んで行きました。あの方はいつもの丁寧な口調で、最後にこう言ってくださったのです。

「ありがとうございます。いまの自分があるのは、あなたのおかげです」

私はもう、いつ死んでもいいと思いました。こんな私でも、誰かに、そんなふうに言われるだけで、生きてきた甲斐(かい)があったというものです。

鏡、まぶしいですよね。申しわけありません。ドライヤーで仕上げをしたら、終わりますので。じつは西日がこの鏡の難点でして。カーテンも吊るしておりませんので、いまの時期の日没近くにはなるべく予約を入れないようにしていたのですが、原田(はらだ)様のお若い声のご予約が嬉しくて、つい。

それにしても珍しい場所につむじがおありですね。ええ、つむじっていうのは、お一人お一人違います。いえいえ、変わるものではありません。こういう仕事をしていますから、違いはすぐにわかります。

最後までよく喋るジジイだとお思いでしょう。いつもじゃありませんよ。こんなことまでお話ししたのは、お客さまが初めてです。あなたにだけは話しておこうと思って。もう私、そう長くはないでしょうから。

それから店主はこう言った。頭の後ろの縫い傷は、お小さい頃のものでしょう。

鏡の中の店主を見返した。逆光を浴びた顔は黒い影になって、表情がはっきりとわからなかった。

その傷はね、ブランコから落ちた時のものですよ。河川敷の公園のブランコです。あそこは地面に石がごろごろしていましたからね。息子をそんな危ない場所で遊ばせたくない一心で、女房は親馬鹿だと笑いましたけれど、私、ブランコを買って、家の庭に置いたんです。

ここの庭に古いブランコがありましたでしょ。あれは、もともとあったわけではなく、私が東京の家から持ってきたものなんです。

お母さまはご健在ですか、店主が聞いてきたから、ええ、と答える。

店主が黙りこみ、ドライヤーの音だけになった沈黙を破って、僕は声をあげた。来週、結婚式があるんです。そして、まだ明かしていなかった、ここへ来た理由をごく手短に説明した。

僕の結婚式だ。その前に一度、いつもの美容室ではなく、きちんと床屋に行っておきたかった。それだけを語った。口の重い母親からではなく、自分で集めた噂話を頼りに、苦労してこの店を探しあてたことは黙っていた。

店主は逆光の中の黒い影になった顔で、おめでとうございます、と言ってくれた。僕は答えた。ありがとうございます。つけ足そうと思った、あとの言葉は、結局、喉の奥にしまいこんだ。

すべてが終わり、上掛けの留め具が解かれる。自分で脱ぐつもりだったが、店主の熟練の動きのほうがやっぱり素早くて、小さな子どもみたいにあっさり上掛けを脱がされてしまった。

レジの脇には「メンバーズカード」と書かれた紙片が積まれていたが、僕は手に取らなかったし、店主も勧めてはこなかった。

受け取ろうとしない代金を、どうにか支払って、僕は、古いアルバムを閉じるようにドアに手をかける。店主の声が背中に飛んできた。

あの、お顔を見せていただけませんか、もう一度だけ。いえ、前髪の整え具合が気になりますもので。

いつか来た道

駅を降りた先の空は嘘っぱちみたいに青くて、ロータリーの円形花壇のむこうには取ってつけたような入道雲まで浮かんでいた。

アスファルトに降りそそぐ陽射しはまるで黄金色の針だ。私は日傘を差して歩きはじめる。

小さな駅前通りは、十六年前とはすっかり様子が違っていた。通りの右手にあったはずの洋菓子店は携帯ショップに変わっている。そうか、あそこのピーチタルトはもうないのか。

通りの先には、これも昔はなかったこぢんまりとしたスーパーマーケット。自分が生まれた町なのに、以前にどんな建物が立っていたのかは思い出せなかった。私はそこで桃を買うことにする。

桃の入った袋をひじにさげて歩く道は都会と違って、車が少ないのに広い。背の低い街並みに沿って百日紅の並木がピンク色の花を咲かせている。午後の早い時刻だが人影はまばらだ。並木のどこかで蝉が鳴き、一本の下で小さな女の子が樹上を見上げていた。昔の私と同じだ。私も百日紅のあのつるつるの幹に蝉がどうやって止まっていられるのかが不思議でならなかった。

小さな町だ。駅前通りを抜け、商店が民家にとってかわると、道は登り勾配になる。無人神社の手前を左に折れれば、そこから先は坂道。かつての私が毎日行き来していた道だ。

家を出る時は小犬みたいに駆け下りた。家へ帰る時は老犬の足どりで登った。坂の上には、私の生まれた家がある。

坂道はゆるやかなつづら折りで、久しぶりに歩く道のりはやけに長い。三番目の曲がり角の手前で日傘をくるりと回し、クエスチョンマークのかたちの柄を握り直した。手のひらが汗ばんでいたから。

先の尖った鉄柵にクレマチスがからみついているのは昔のままだったが、花はなく、蔓もすっかり枯れていた。門の両脇の水甕に植えられたオリーブは、十六年前と同じものだろうか。少しも丈が伸びていないように見える。

白い壁に赤茶色の屋根。南欧風と言えば聞こえはいいが、道をはさんだ向かい側はあい変わらずネギ畑で、背後は竹林だ。周囲との関係性をまるで考えていない、私にとってはずっと気恥ずかしい家だった。

白い壁はすっかりくすんでいたけれど、今日の空の青は、赤茶色の瓦のために誂えたかのようで、屋根の上では背景だけ塗り終えた人物画に見える入道雲が両手を広げている。誰かをハグしようとするみたいに。私は剣をふるう勢いで日傘を閉じ、門を押し開けた。

玄関のチャイムは押しても音の気配がなかった。庭にまわってみる。

都会だったらもう一軒、家が建つ広さの庭は、雑草が生え放題になっていた。いまの時期なら夾竹桃やオシロイバナが咲いていると思っていたのだけれど。テラスの陶製プランターには、猫の尻尾みたいなエノコログサの穂が揺れている。

まるで廃屋だ。数日前の弟の電話がなかったら、もう誰も住んでいないと思いこんだかもしれない。

「会ってやってよ、ママに」

私と話す時だけだと思うが、弟の充は三十八にもなったいまでも、母親のことをママと呼ぶ。

「その呼び方、どうかと思うよ。佳織さんの前では絶対口にしないようにね」言葉尻をちゃかして答えをはぐらかそうとしたら、充は硬い口調を崩さずにこう言った。

「ママも会いたがってる」

ため息二回ぶん沈黙してから、私は言葉を押し出した。

「会いたがってる？　ほんとうにそう言ったの」

「口で言わなくても、見てればわかる」

「それは、あなたの気のせい」

「でも、いま会わないと――」

「いま会わないと、なに？」

「後悔すると思うんだ」


庭の北側には母家（おもや）から半島のように飛び出した部屋がある。ほかと同じ白い壁だが、こちらは板張りで白いペンキが塗ってある。ペンキがすっかり剝げ落ちて、百日紅の木肌みたいなまだら模様になっていた。母親のアトリエだ。

たぶん、あの人は、ここにいるだろう。十六年前と同じように。もっと以前のたいていの日にそうだったように。

ドアは握り拳ひとつぶん開けられている。昔からそうだった。不用心だから鍵は締めたほうがいい、と父が忠告しても、「絵の具が乾かない」「テレピン油の臭いがどんなに酷いか、あなたはもう忘れたのね」反対にやりこめられるだけ。父は母親が通った美大の後輩だ。彫刻科だったそうだが、卒業後はサラリーマンになり、ノミと槌はあっさり捨てた。そのせいか、母親には強くものが言えない人だった。

ドアをノックする。

返事はない。

半分だけ開けてみた。誰もいないことを期待して。今日ここへ来ることは充を通じて伝えてあるが、直接話をしたわけじゃないし、返事も聞いていない。むこうが私を避けて外出してしまったとしても驚かなかった。むしろ私はそれを望んでいるかもしれない。だけど昔からあの人は、私の望みをいとも簡単に断ち切る。

北向きの大きな窓の前にイーゼルが置かれ、鏡を見つめるようにキャンバスと対峙している背中が見えた。紫色のターバンを砂漠の遊牧民みたいな巻き方にして髪を包んでいる。絵の具で汚れた白い上着は、割烹着だろう。ふだんの生活ではけっして着ない服。あの人が昔ながらの母親のように割烹着を身につけるのは、絵を描く時だけだ。そしてその下は間違いなくワンピース。

半開きのドアをもう一度ノックしてみた。

コツ、コツ。

私の心臓も鳴っている。

コツ、コツ、コツ。

やっぱり振りむかない。母親は今年で七十三。耳が遠くなるほどの年じゃない。気づかないふりをしているに違いなかった。

声をかければ済む話なのだが、なんと声をかければいいのかわからなかった。もう何年も、十六年前のもっと前から、私は母親に呼びかける言葉を持っていない。

「あのぉ、もしもし」

ようやく振り返った顔は、覚えている顔とはずいぶん違って見えた。違う家のドアを開けてしまったような錯覚に囚われるほど。

紫のターバンから垂れた長いほつれ毛が白と黒のまだらになっていた。もともと細面なほうではあったけれど、その顔からは昔の丸みが消え、頭蓋骨が透けるほど痩せていた。そしてやけに白い。

ファンデーションをたっぷり塗っているからだ。家ではほとんど化粧をしない人だったのに。唇も造花のように赤かった。

こちらにむけた白目がちの大きな目と、つんと尖った鼻だけは変わっていなかった。私の母親は動物にたとえれば、鳥に似ている。小鳥のたぐいではなく、にわとり、あるいは鷲か鷹。

どんな顔で会えばいいのか、いくら考えても思いつかなかった私は、とりあえず表情を隠した。

母親は何度かまばたきを繰り返し、赤い唇を引き結んだまま、いきなり現れた私に訝しげな顔を向けてくる。

その目は何？　充から話を聞いていないの？　むこうはむこうで私の外見が変わったことに驚いている？　確かに十六年前に比べたらもう若くはなく、年相応に老けてしまっただろうが、私のヘアカラーをしていないストレートヘアは、自分でもそろそろどうかと思うほど変わっていないし、膝丈のワンピースも母親には見慣れたもののはずだ。私はジーンズやパンツは外出着としてはまず穿かない。着こなし方がわからないのだ。

「ああ、あなた」

母親は夢からたったいま醒めたというふうに声をあげ、そのとたんにきわめて現実的な口調で言葉を続けた。

「何しに来たの」

それが十何年ぶりに会った娘への言いぐさですか。

母親に返す言葉は、言いわけじみたせりふになってしまった。

「充から連絡をもらったから」

アトリエの中へ足を踏み入れると、板張りの床が鼠のように鳴いた。自分の家の一部ではあるのだが、ここに入ると私はいつも緊張した。いまもそうだ。板の軋む音が、昔の私が漏らしたたくさんの吐息に聞こえる。

ここは私の教室でもあったのだ。

庭に面したドアは、かつて絵画教室を開いていた時の名残だ。右手には母家に続く別のドアがある。五、六人の生徒でぎゅうぎゅう詰めになるぐらいだったから絵画教室としては狭い部屋だが、一人のアトリエとしてはじゅうぶんな広さだ。外壁と同様に部屋の壁も白いのは、母親の趣味ではなくアトリエとしての実用性のため。直射日光が入らないよう北側以外には、西向きの小さな窓が開いているだけだ。部屋には油絵のアトリエ独特の鼻を刺す匂いが立ちこめていて、そして酷く暑かった。

母親から三歩離れた場所で私は足をとめた。手の甲をパレットナイフで叩かれない距離だ。「何度言ったらわかるの、使った筆はすぐに洗うこと」「その服は何？　そんな下品な服は脱ぎなさい」

私は無意識のうちにワンピースの裾を片手で整えていた。この人が私の服に何かしらの批評を加えてくるだろうと身構える。そして、花柄の野暮ったいワンピースを選んでしまった自分に腹を立てた。

家事には手をかけない人だったのに、母親は幼い頃の私や姉の着る服を、ミシンで手づくりしていた。どれもこれもワンピース。たいていは花柄。画家のくせに子どもの服装に関しては保守的だった。ひと昔もふた昔も前の美意識を私たちに押しつけた。

年頃になって私が自分で服を選ぶようになると、彼女にはそのひとつひとつが気に入らなかったようで、私がどんな服を選んでもこう言った。「その服は何?」

そのときどきで私は口答えをした。

「いくつだと思っているの、もう私、十六だよ」「十九だよ」「二十二だよ」

それは私がこの家を出て独り暮らしを始めるまで続いたと思う。「もう二十六だよ」


「誰から連絡をもらったって?」

「いま言ったでしょう。充」

答える声が知らず知らず喧嘩腰になってしまう。ワンピースやいまの生活や、充から聞いているだろう私の人生について、小言めいたことを口にしたら、すみやかに反論するための言葉を私は用意していた。

母親は私の服を批判的に眺めたりはしなかった。私の顔すら見ていない。中空に視線を走らせて、他人の名を口にするように呟(つぶや)いた。

「充……」


立ち上がって出迎えてくれることを期待していたわけではないけれど、母親はイーゼルの前に座ったままだった。

立てないのだ。充は電話でこう言っていた。

「足が弱っちゃって、最近は車椅子を使ってる」

私を心配させるためのせりふだとわかっていたから、ことさら冷たい言葉を返した。

「あの見栄っぱりな人が車椅子？　重症だね、それは」

「見栄っぱりだからだよ。歩けないわけじゃない。よたよた歩く姿を人に見せたくないからだと思う。体のためには自分の足で歩いたほうがいいんだけど、言っても聞かなくて」

充はいい子だ。あなたはジーンズを穿いても叱られなかったからね。でも、ダメージジーンズの時はゴミの日に勝手に処分されちゃったんじゃなかったっけ。「ゴミは捨てますから」あんなことされたのに、ママの心配をするんだね。あなたが言って聞かないことを、私にどう話せっていうの。

充は私と同様、ここからは遠い街で暮らしているが、私と違ってときどきは奥さんの佳織さんや子どもたちを連れてこの家に帰っているらしい。母親は男の子には甘かったのだ。私や姉とは違う動物を、ペットとして可愛がるように。

体の具合が悪くなったのは二年ほど前からだと言う。嫌がる母親を説得して介護ヘルパーに面倒を見てもらうように算段したのも充だ。

「最近は、月に一回は様子を見に行くようにしてたんだけど、これからはそれが無理になるから」

いつまでも子どもだと思っていた充はいまや電機メーカーの係長で、十月から海外赴任することが正式に決まったそうだ。

「体が悪いってどこが？」

「いろいろ」

「いろいろって、余命がどうとか、そういう事態？」

「いや、そういうわけじゃないけど……会ってみればわかるって」

電話のむこうの充は、わざと言葉を濁している気がした。自分の目で確かめろ、ってことか。どうしても私を母親に会わせたいらしい。自分の後釜になってくれ、という言葉も濁しているのが見え見えだった。

背の高い人で、子どもの頃はいつも上から視線を投げ下ろされ、大人になっても私と目線が変わらなかったのに、車椅子に窮屈そうに体を折り畳んでいる母親は、とても小さく見えた。そうか、もう見下ろされることはないのか。

私は一歩だけ近づいて、彼女を見下ろした。

「体の具合が良くないって聞いた」

キャンバスにむき直っていた母親がにわとりじみた唐突さで振り返って、ブライト筆を銃口のように突きつけてきた。口紅が唇からはみ出していることに私は気づいた。悪目立ちしている描き眉は、画家らしくもなく、左右非対称だ。

「どこも悪くはありませんよ。年をとったら昔と同じにはいかない。ただそれだけ」

そう言い捨ててキャンバスに戻ってしまった。色が紫だったからすぐには気づかなかったが、母親が巻いたターバンの柄は、ひまわりだった。私はこの場から引き返して、服を着替えに帰りたくなった。私のワンピースの柄もデフォルメされていて一見それとはわからないが、ひまわりを模したものだ。

母親はひまわりを偏愛していた。身につけるものや日常の品々に、ひまわりのパターンや絵柄があるものを好んで選んでいた。私たち姉妹のワンピースの柄も、夏物はひまわり。自分の絵のモチーフにもしばしば使い、夏になるたび絵画教室の課題にも登場した。

だから私はひまわりには詳しい。大きなひとつの花に見えるが、実際は小さな花の集合体であること。真ん中の茶色の部分を筒状花（とうじようか）、外側の花びらの一枚一枚を舌状花（ぜつじようか）と呼ぶこと。たぶんいまでも筒状花の一片の細密画をそらで描けると思う。

そのくせ母親は、あれほど庭にいろいろな花を咲かせていたのに、本物のひまわりを植えることはなかった。「ひまわりはモチーフだからいいの。本物のひまわりは、なんだか下品でしょ。生々しすぎて嫌い」

すべての物事に自分勝手な美意識で優劣をつける人だった。花も、絵も、物も、人も、自分の子どもも。

彼女の価値観はいつも、好きか嫌いかのどちらかで、けっしてその中間はない。母親に「嫌い」という不合格スタンプを押されたくなくて、私と姉は必死だった。そしてそのレースは、いつも姉が先行していた。


母親は私の存在を忘れたかのように絵を描き続けている。私は汗をぬぐってそれを見つめていた。なけなしの言葉のストックを早々と出しつくしてしまった私は、とりあえず事実関係だけを述べておくことにする。

「この部屋、暑くない？」

「え？」

母親がにわとりの素早さで振りむく。汗で化粧くずれをして顔がまだらになっているのに、初めて気づいたという表情だった。

聞いたほうが早いのに、私は無言でエアコンのリモコンを探した。アトリエはなんだか雑然としていた。昔は母親が、作品のひとつであるかのように、部屋の中のすべてのものを本人しか知り得ないルールに則(のっと)ってあるべき位置に置き、勝手に動かすと酷く怒ったものだ。絵の具や画材も、キャンバスや絵画集も、石膏像(せっこうぞう)やデッサン見本の貝殻やプラスチック製の果実も。

散らかっているわけじゃないが、そのルールが崩れているように見えた。リモコンはトルソーと、そこにもたれかかったケイ・セージの画集のすき間に突っこまれていた。ボタンを押してもエアコンは動かない。何度やっても同じだ。裏蓋を開けてみたら、乾電池が入っていなかった。

やれやれという表情をつくって、母親に向けて蓋の開いたリモコンを振って見せた。私は勝ち誇った顔をしていたかもしれない。

なんだ、あなたのルールって、結局この程度？　人に見せつけるためのものだったんだね。誰も見ていないと、こうなっちゃうわけ。

母親は、ターバンで隠した白髪頭から汗を流して、私の顔を不思議そうに眺めていた。

父が亡くなったのは十三年前。私が最後に母親と会ったのは、そのお葬式の席でだが、その時もほとんど視線は合わさなかったし、ひと言も言葉を交わしていない。最後にまともに言葉を交わしたのは、十六年前、私がこの家を出る時だ。

母親は言った。

「あなた独りで生きていけると思ってるの。どうせすぐに逃げ帰ってくるんでしょうよ」

私は答えた。

「いいえ、戻ってきてって思うのは、きっとそっちよ。私は独りでやっていく。これからはずっと」

なんでここへ来てしまったのだろう。この人とは二度と会わなくても構わない、そう考えていたのに。来てしまった以上、何か言いたかったし、言いたいことはたくさんあるはずなのに、言葉が浮かばない。この十六年間、心の中では母親に語りかけ続けてきたのに。

何度も勤め先を変えたが、新しい仕事を手に入れるたびに、「ほら見なさい。私はきちんとやってる」新しい恋人を得ると、「女としては私のほうが上、私のほうが幸せ」服のセンスを人に誉められたら、「あなたもこういう服を着ればいいのに」心がぼろぼろの時には「ごめんなさい。ママの言うとおりだった」

母親がむかっているキャンバスは八号のFサイズ。彼女の絵にしたら小さなものだ。普通は人物を描くためのサイズだが、そこに抽象画にしか見えない絵を描いていた。繊細な色遣いをするこの人には珍しく原色を多用して、ペンキみたいに同じ色を塗りこめている。

何を描いているのだろう。抽象画は描かない人だったのに。「あれは評価を曖昧にしたいだけ。下手な人の言いわけ」

私が覗きこむと、キャンバスに顔を向けたまま訊いてきた。

「喉、渇いてない？」

確かに。家を出てから何も飲んでいない。私が自動販売機に並ぶような飲み物が苦手なことを覚えていたのか。まぁ、彼女の教育の成果なのだからあたり前か。私が住んでいる街からここまでは、特急とローカル線を乗り継いで二時間半かかる。

素直な娘の声が出てしまった。

「うん」

「じゃあ、突っ立ってないで、お茶でも淹れて。紅茶がいいわね。冷たいのはだめよ」

やっぱりちっとも変わってない。地球は自分の周りを回っていると思いこんでいる人なのだ。思いやりなんて、期待するほうが馬鹿。

母家のキッチンは、私がこの家を出た時と変わっていなかった。冷蔵庫が新しくなり、シンクの脇に食洗機が置かれているところだけが違う。十六年前から新しいとは言いがたいキッチンだったから、変わっていないということは、すっかり古びているということでもある。この中では新顔の食洗機もひと昔前の型式だった。

あの人はティーバッグの紅茶なんか飲まない。食器棚に紅茶を保存するためのティーキャディーがあるはずだ。蓋にひまわりの花がレリーフされたスチール缶。聞けば済むのにずいぶん探して、食器棚ではなく流しの下の戸棚で、大量の缶詰といっしょに置かれているのを発見した。

やけにたくさんの缶詰があると思ったら、全部キャットフードだった。猫を飼っているのか。

私がこの家にいる時に、猫を飼ったのは一度だけ。私が十歳で、姉が中学に通いはじめたばかりの頃だ。姉と私が拾ってきた捨て猫だった。

動物嫌いだった母親は、いい顔をしなかったのだが、結局飼うことになったのは、猫好きの父が珍しく強硬に私たちの味方をし、子猫が仲間だと思いこんだのか、まだ幼稚園児だった充にもなついたからだと思う。

白猫だったけれど、目の上にだけ眉毛が生えているみたいに二つの黒い模様があった。だから名前は「マユ」。

マユがいた一時期は、この家にも少しは灯がともっていた。私たちきょうだいと父はマユを取り合いし、マユの可愛いしぐさやまぬけな行状を話題にして笑った。母親は興味のないふりをしていたけれど、餌をねだってマユが体をこすりつけてくる朝なんかに、こっそり猫撫で声を出していたのを私は知っている。あの母親が！

でも、それはほんとうに、ほんの一時期だった。

マユが来た年の秋に姉が亡くなった。中学へ通う通学路で、居眠り運転の車にはねられたのだ。

マユはその一か月後に、姉と同じ道でバイクに轢(ひ)かれて死んだ。「蓉子(ようこ)ちゃんが呼んだんじゃないか」四十九日の集まりで親戚の誰かが口にしたその言葉は、母親を酷く怒らせた。

それからは、私や充がどんなに頼んでも、母親は猫もどんな動物も飼おうとしなかった。

「わたしの周りで誰かが死ぬのは、もう絶対に嫌」

ところで猫はどこにいるのだろう。

熱い紅茶なんて私はごめんだった。ダイニングのエアコンをつけて、手づくりの麦茶があるはず、と冷蔵庫を開ける。ドアには母親の字ではないメモが貼られていた。

ＡＭ９：００　薬①　②　③
ＰＭ５：００　薬②
ＰＭ９：００　薬①　④

週に三回来ているという介護ヘルパーに料理は頼んでいないようだ。冷蔵庫の中にはろくに物が入っていなかった。飲み物と呼べるのは紙パックの牛乳だけ。しかも賞味期限が切れていた。

なぜか、瓶詰のピーナッツバターがいくつも並んでいる。まるでピーナッツバターのTVコマーシャルみたいに。全部で六個。セール品をまとめ買い？　あの人は、こんなものが好きだったのか。

食べ物に関して、自分の好き嫌いを他人には言わない人だった。母親にとってそれは「下品なこと」だったのだと思う。

見てはいけないものを見てしまった気がして、冷蔵庫を閉じた。

そういえば、十六年前、ここを出ていった時には、まだ父も充もいて、独り暮らしの母親の生活ぶりを、私は知らなかった。

家族がいなくなると、女ってこんなものなのだろうか。一度も家庭を持ったことのない私にはわからない。

一緒に暮らしていた男はいたが、もうずいぶん昔に別れている。

かつて母親の絵画教室に通っていた、ひとつ年上の男だ。じつは家を出たのは、その男とのつきあいを反対されたのが、いちばんの理由だった。

画家志望だったが、あくまでも志望の人。いちおうは画家の娘である私にも理解不能な難解な絵ばかり描き、「大作に挑む」と言ってはアルバイトを辞めてしまうから、その男との五年間のほとんどの時期を、私一人の収入で支えた。

絵を描くには安くはない画材が必要だし、部屋も一間（ひとま）というわけにはいかない。二人で住んだのは、賃貸とはいえマンションより割高な一軒家だ。私の勤めは夜の店になった。

ろくでもない男だとわかっていたのに、とっくに愛想が尽きているのに、五年も一緒に暮らしたのは、母親への意地だ。あの男をいっぱしの画家にして、見返したかったのかもしれない。

妊娠した経験はある。その男の子どもだ。「子どもが生まれたら籍を入れよう」という約束は、四カ月で流産した時に、お腹(なか)の子どもといっしょに消えてしまった。そしてそれが別れのきっかけになった。

湯が沸くのを待つあいだに、買ってきた桃を剝(む)く。食べ物の嗜好(しこう)を人に明かそうとしないあの人の、おそらくは好物だ。

桃の季節になると、あらゆる言いわけとともに買ってくるのだ。

「見て、このブリリアントピンクのグラデーション。きれいだから買ってきちゃった」

「デッサンの勉強になるのよ、桃は。曲線が単純なようで難しいの」

素直にこう言えばいいのだ。

「わたしは桃が好き。みんなで食べましょう」

それだけで、あの家の食卓の沈黙と緊張は、おだやかな団欒(だんらん)に変わっただろう。

ティーカップを選ぶ時には、少し悩んだ。食器棚に絵柄違いのセットが並んでいたからだ。十六年前にはなかったカップ。この中のどれが母親がいつも使うお気に入りなのかがわからなかった。なんだって構わないじゃない、と手を伸ばしては引っこめる。「なに、このカップ、わたしが嫌いなやつじゃない。こんなのがあなたのセンス？」なんて言われるのが嫌だから。

ティーキャディーを開け、ポットに茶葉を移そうとして、気づいた。

茶葉が白く粉をふいている。

黴だ。

なにやってんの、あなた。紅茶を黴びさせるなんて。いくら体が悪いからって。本当は歩けるんでしょ。しっかりしなさいよ、もう。

ここぞとばかりに私は詰る。心の中だけで。

どうしよう。こんなの飲めるものだろうか。とりあえず淹れて、ひとくち飲んでみた。むむむ。どうだろう。母親と違って私はアールグレイとダージリンの区別もつかない。紅茶の蘊蓄を語る母親に反発して、いつもコーヒーばかり飲んでいたから。

そうだ、ピーチティーにしてみよう。桃のひとつは皮を剝いただけで丸のまま。もうひとつを取り出して切り刻んだ。あの人にだけ飲ませるのはフェアじゃない。自分の飲み物は、アイスピーチティーにした。

　紅茶とまるごとの桃の皿をアトリエに運ぶ。絵の具やパレットや筆を置いたサイドテーブルには空いた場所がないから、部屋の隅から椅子をひっぱり出してトレイを置いた。

「ありがとう」のひと言がないのは昔から。もはや気にもならない。

　ひと口すすって、母親が小さく声をあげた。

「あ」

　壁にもたれてアイスピーチティーを飲んでいた私の背筋はスチール定規のように伸びてしまう。いまさら何を怯(おび)えることがあるだろう。もう私はここにいた頃の小娘とは大違いの人間になっていて、相手は車椅子のお婆さんなのに。

「何か入れた？」

　母親の猛禽類(もうきんるい)の目が私にむけられた。

「うん……桃」

「ああ、そう」

　気に入ったようだった。両手でカップをかかえ、汗をかきながら、赤い唇を尖らせて紅茶をすすっている。安堵(あんど)してしまう自分が情けなかった。

　紅茶を飲んでいるあいだも、母親はちらちらと桃に視線を走らせている。私はそれに気づかないふりをして、気のないそぶりで言う。

「よかったら、桃も食べて」

「水ものばっかりだと、トイレが近くなっちゃうじゃない」

意地悪く言ってやった。

「じゃあ、私が食べるよ」

「いい、置いときなさい」

西側の窓に近づいて外を眺めるふりをしていたら、私に取られるのを恐れるようにそそくさとカップを置き、車椅子を必死に回転させてトレイにむき直ったかと思うと、桃を両手でつかんだ。その姿を私は横目で盗み見る。

母親が桃にむしゃぶりつく。

赤い唇を歪めて、歯を剝きだして。鉤爪（かぎづめ）のかたちにした指のあいだからぼたぼた汁を垂らして。私に聞こえないとでも思っているのだろうか、びちゃびちゃと下品な音まで立てて。

まるでガキだね。子どもという意味じゃなくて、餓鬼のほう。

なんてみっともない。桃、買ってきてよかった。

皮肉笑いを浮かべようとしたがうまくいかない顔を、私は窓に戻す。

窓のむこうに人の顔があった。

おかっぱ頭の女の子だ。

肩口しか見えないけれど、着ているのはたぶん、白いワンピース。さっき蟬が鳴く百日紅を見上げていた子だった。顎から汁を垂らして桃に齧りつく母親を冷やかに眺めている私を、表情のない目でじっと見つめていた。

私たちが小さい頃の母親は、中学校の美術教師だった。私たちというのは、私と二つ上の姉のこと。充がまだ生まれる前の話だ。

三十三歳の時、母親はプロへの登竜門と言われる美術展に入選し、教師を辞め、画家として独立した。

子どもながらに、母親の絵のうまさはいつも驚きだった。画家として描くのはシュールな絵ばかりだったが、それは基本ができているからであって、手本を見せるためのデッサンには少しの狂いもなく、その気になれば写真と見まがうほどの写実画も描けた。

でも、画家として独立したからといって、職業として成り立つかどうかは別の話だ。母親は金銭的にはプロの画家と呼べるほどの成功はしなかった。何度か開いた個展はおおむね好評で、地元の画廊にも母親のためのスペースがあったらしいが、彼女の絵は、企業のロビーや資産家の自宅を飾るたぐいのものではなかった。そして世の中、上には上がいて、残念ながら母親の才能は、この田舎町からすくい上げられるほどのものでもなかった。

芸術の道から早々と立ち去った父に養われることを良しとしなかった母親は、充が生まれた翌年に自宅で絵画教室を開く。私と姉もその生徒だった。娘たちだからといって、教室では特別扱いされなかった。特別扱いがあったとしたら、教室が終わった後も延々と授業が続くことだった。

おそらく私には母親ほどの才能はなかった。姉だって似たようなものだった。母親だけが信じていた。幼い頃から英才教育をしていれば、きっといつか大成すると。私たちのためじゃない。母親は自分が世に認められないのは、生まれた家が貧しくて、高校で美術部に入るまで、絵画の世界と無縁な日々を送っていたせいだと思いこもうとしていた。美大の学費を母親がどうやって捻出したのかは、父も知らない。

自分の夢を上書きするために、娘たちに見させる夢。

充にも絵を描かせたが、私の知るかぎり強制したことはない。あるとき母親はこう言った。「男はだめ。いろいろなことを捨て切れないから」違うよ、ママ。女のほうこそ、いろんなものを捨てられないんだよ。

私より少しはものになりそうだった姉が亡くなると、母親の過剰な期待は私一人に注がれるようになった。学校から帰ると、毎日デッサンのくり返し。同じ石膏像やサンプルを何枚も何十枚も。夏には桃やひまわりを来る日も来る日も。何をどう描いても母親は私の絵を気に入らず、どこがどう悪いのか、いかに私がだめな生徒かを、延々と解説する。説教ではなく、解説だ。たまらなかった。私の心はいつも、アトリエの板張りの床のように、きいきいと悲鳴をあげた。

そのうちに私は自分を守る方法を考案した。母親が私を叱る時には、心を遠くへ飛ばすのだ。私の心は体を離れて、私じゃない別の女の子が叱られていることにするのだ。気の毒な叱られ役は、私とそっくりな少女。絵が下手で、夏には他の子みたいなハーフパンツを穿きたがって、絵ばかり描いて他の子と遊べないから友だちのいない子。名前はマユちゃん。

マユちゃんと私は毎日お喋りをした。母親がいったん消えた教室で、自分たちの部屋で、ベッドの中でも。姉とそうしていたように。私はまず母親に叱られた時にいなくなってしまうことを謝り、マユちゃんは寂しそうに微笑んでいつもそれを許してくれた。

頭がおかしくなったわけじゃない、と思う。私は幻だとわかっているマユちゃんに必死でしがみついていた。百日紅に止まる夏の終わりの蝉みたいに。

大学はもちろん美大を受験した。だが私はそれにことごとく失敗した。

滑り止めにしていた造形大学にも落ちた私に、母親はこう言った。

「あなたには根本的に才能がないのね」

ちょっと待ってよ。いまさらそれを言うか。

そして追い打ちのようにもうひと言。

「わたしの言うとおりの生活をしないからよ。自分の暮らしをきちんとできない人には、絵を描く資格も、生きていく資格もないの」

悔しくて私は予備校に通った。母親がもう私を教えようとはしなかったからだ。飽きた玩具を手放すみたいに。そして翌年、再チャレンジをした。

結果は同じだった。結局私は、美術とはまるで無縁の会社で普通のＯＬになった。

正直に言えば、迷った末に今日ここへ来たのは、暮らしが独りで立ちゆかなくなったらしい母親の姿を見てみたかったからだ。笑ってやりたかった。自分の暮らしもきちんとできないのね、と。

桃にあさましく齧りついている母親に、私は不意打ちを食らわせて振りむいた。

種をしゃぶっていた母親は、あわてて口を押さえた。ちょっとちょっと、桃の汁でお化粧がぐずぐずだよ。

「どう、桃、おいしい？」

母親は絵の具の脇に置いていたティッシュを口もとにあてがい、すましたしぐさで種を吐き出してから、こう言った。

「その服、良くないね」

そら来た。私にはもうわかっていた。この人の思考回路のからくりが。母親が誰かに批判の矛先を向けるのは、自分の美意識とやらに固執し他人に強制するのは、自分のコンプレックスを隠したいからだ。自分を守るための手段。

娘の服装や立ち居振る舞いに小言を言うのは、育ちのいい父の親戚たちに、生まれた時から父親がいない境遇を揶揄され続けてきたから。行ったこともない外国風の住まいや暮らしが好きなのは、少女時代にオンボロのアパートで暮らしていたから。才能がないと私を詰るのは、その言葉が自分に降りかかってくることにいつも怯えていたから。

長く離れて暮らし、昔々の母親の年を追い越してしまった私には、手に取るようにそれがわかる。自分の中にもそうした母親の一部が棲みついているからだ。デッサンのサンプルを遠くから俯瞰すれば、近すぎて見えなかったものが見えてくる。母親が私に教えてくれたことだ。

十六年分のため息を吐いてから、私は口を開いた。

「いい加減にしてよ。私はもう――」

言いかけてやめた。もう四十二。しゃれにもならないせりふだ。

母親は鋭いようにも感情を置き忘れているようにも見える、鳥の目で私を眺めて言った。

「あなたは、黄色の人よ。黄色が似合う」

勝手なことを。母親はすべての物事を色で表現しようとする。「あの人は嫌い。気取った薄紫色だから」「今日の天気は、ブリリアントグリーン」「あなたの声ってまるでカドミウムレッドみたい」自分にだけ人には見えない色彩が見えているとでもいうふうに。

私はアトリエにぐるりと首をめぐらせて尋ねる。

「ねぇ、少し片づけようか」

親切心ではなく、皮肉で。

「どこを」

母親はどこにそれが必要なのかと訝って周囲を見まわした。

「ここ」

本棚の中の画集の何冊かは上下さかさまに突っこまれている。収納ラックに置かれた石膏像はそっぽを向いたり、背中を見せていたり。こういうの、苦手だ。直したくて体がむずむずする。そういうふうに育てられたからだ。

このザマは何？　年のせい？　もう正しい母親の役を降りて、自分のルールブックも破り捨てたの、ママ。

「よけいなお世話です。触らないで」

はいはい。

「でも、ひとつだけいい？」

私はサイドテーブルを指さした。そこには母親が手にしている円型パレットとは別の、屋外用の角型パレットが置かれている。何日も使っていないに違いない。載せた絵の具がすっかり干からびていた。桃の缶詰のケースに林立している筆も、どれも絵の具がこびりついたままだ。

「使ってない筆やパレットはこまめに洗えって、私は誰かさんに教わったんだけど？これもこのままでいいの？」

左右非対称の描き眉がくりっとつり上がった。

「いいえ、使ってますとも。全部いま使ってます」

母親は桃缶のケースから穂先が固まってしまっているラウンド筆を抜き出して、乾燥して罅（ひび）の入った角パレットの絵の具をこすりはじめた。

私は、自分がここへ何を言いに来たのかをあらためて思い出した。

「ねぇ、覚えてる、私に言った言葉」

母親は震える指先でテレピン油を角パレットに注ぎ、絵の具を溶かしはじめた。私は言葉を続けた。

「私にこう言ったんだよ。自分の暮らしをきちんとできない人には、絵を描く資格も、生きていく資格もないって」

ラウンド筆を握った母親がキャンバスに向かったが、手は動かさなかった。何の絵かは知らないが、画家なら必要のない色はけっして塗らない。

「忘れたなんて言わせないからね」

私はその言葉に呪縛されて生きてきた。信じてきたとも言える。どんな職業についていた時も。

母親が筆を下ろして私にむき直った。ほうれい線を深く刻んで唇をすぼめる。そうすると唇の周りに初めて見る縦じわができた。私に言葉の弾丸を浴びせかけてくるのだと思っていたのだが、ぼんやりした目をむけて、こう呟いただけだった。

「なんのこと？」

覚えてないの？　私がずっと忘れずにいた言葉なのに。

母親の瞳の焦点がようやく私に合う。いま気づいたというふうに彼女は言った。

「そう言えば、あなた、絵は描いてる？」

「まさか」

じつは描いていた。水彩でときどきだが。いまの仕事柄、時間の取れる午前中、ジョギングを終えた後に。

「学校はどうしたの」

「え？」

いまさら何を言っているの。美大に落ちたことを蒸し返すつもり？

「今日、学校は？」

え？

「課題は終わったの？　美大って課題がすべてなのよ」

私はようやく気づいた。充が言っていた母親の病気がどういう種類のものなのか。

次の言葉を発するのには、長い間と勇気が必要だった。でも、聞かねばならないことだった。

「……私が誰だかわかってる？」

母親が眉根を寄せ、肉の薄い頬をひきつらせる。怒っていることはすぐにわかった。昔の私にしょっちゅう見せていた表情だから。その表情を昔の私はいつも窺っていたから。

「あたりまえでしょう……あなたは……」

たぶん、名前を思い出せないのだ。だが、プライドの高いこの人は、そのことをけっして認めようとしない。

「あなたは……わたしの……娘よ」

視線が私の表情を手探りしていた。その目は怯えて揺れているように見えた。

たぶん、少し前まで、私が自分の娘であることも理解していなかったのだと思う。

全部、忘れているのだ。私が忘れようにも忘れられない、いままでのすべてを。

エを出た。

「カップ、洗ってくる」

私は母親から顔を逸らし、他に何も思いつくことができずに、トレイを抱えてアトリエを出た。

母親は夏の暑さも忘れ、テレピン油の酷い臭いにも気づかずに、汗を流し化粧をまだらにしながら絵を描き続けているだろう。落書きのような絵を。

私はキッチンへ行き、カップを洗い、そして泣いた。

ずいぶん時間が経ったように思えたが、対面式キッチンの向こう、ダイニングの掃き出し窓から見える庭には、あいかわらず夏の午後の容赦ない陽射しが降りそそいでいる。今日の天気は、パーマネントイエロー。

花のない庭を少女が駆けていた。

あのおかっぱ頭の女の子だ。

ひまわりの柄のワンピースをひるがえして、小脇にスケッチブックを抱えて。きっと絵画教室の課題である、夏の花を必死で探しているのだ。

夕方にのむ薬を探しに行った母親の寝室は、酷いありさまだった。

洋服簞笥の引き出しがすべて開けられ、抜き出されたワンピースやスカーフやターバンが、床やベッドに散乱している。ベッドは手すりとリクライニング機能が付いた介護用だ。

十六年前と同じ質素な化粧台の上には、母親の使う化粧品がありったけぶちまけられていた。

鏡に母親自身の文字で、こんなメモが貼られている。

『杏子　ＰＭ２：００』

私が訪れることを充から聞いて、着るべききちんとした服を探したのだろう。必死で化粧をしたのかもしれない。衰えを隠すために。自分が十六年前と少しも変わらない、と私に認めさせるために。おかしなところは少しもない、と思わせるために。

片づけておこうかと思ったが、やめておく。個性派女優を演じ続けてきた人の舞台裏だ。見なかったことにしてあげよう。

私は家を出て、駅前のスーパーマーケットへ行き、食材を買いこむことにした。得意とはいえない料理をし、冷蔵庫につくり置きをストックするためだ。ピーナッツバターを塗るためのパンも必要だな。桃も買い足して、コンポートをたっぷりつくっておこう。

コップを載せたトレイを手にして私がアトリエに戻るなり、母親はまだらの顔に警戒の色を浮かべた。

「薬は要らない。頭がぼんやりしちゃうから」

「でも、五時にのむんでしょ」

　母親が首を振って、私に言った。

「娘が来てるの。しっかりしてなくちゃ」

　また私は、彼女の頭の中で、違う誰かになってしまったようだ。母親はキャンバスを顎でしゃくって、私じゃない誰かに言う。

「見て、吉田さん、絵ができた」

　絵、といってもただの色とりどりの模様だ。淡い赤と薄い青と黄色の三色が、三本の太く短い柱のように塗り重ねられている。バックは緑色。

　私は首をかしげた。実際に首を左右にひねって絵を眺める。何を描こうとしたのだろう。

「何か意味があるの」

　頬に塗られた濃すぎる紅が、作品の完成に紅潮しているように見えた。キャンバスの中ほどを筆先で指して言う。

「これは、わたしの娘」少し眉を曇らせてから言葉を続ける。「まだ子どもだったのに亡くなっちゃった上の娘」

　久しぶりに母親の絵の解説を聞きたくて、私は調子を合わせることにした。

「お名前は？」

母親が困った顔になる。

「蓉子さんじゃないですか」

「そう、蓉子」

母親は姉の絵を描いていたのか。だが、解説にはまだ続きがあった。筆先を右に動かして青色の柱を指す。

「これは……えーと」何度か、えーとをくり返してから、安堵のため息を漏らすように言った。「充。青は充。わたしの息子。もうすぐ結婚する」

そうか、最初の筆先は、真ん中の赤い柱を指していたのだ。

「じゃあ黄色は」

母親が唇の周りに縦じわをつくって口ごもる。助け船を出そうと思ったが、怖くてできなかった。「これは夫」と言われそうで。

母親が声をあげた。思い出せたことに興奮した早口で。

「杏子（きょうこ）」

「杏子？」で、いいんだね。

「そう、杏子。下の娘（こ）。美大に通ってる。わたしと同じ画家になるの」

妄想の中だけでも、美大に通わせていただいて、光栄。いや、素直に言おう。嬉しい。

それから、背景の緑を指して「パパ」と言った。

「わたしの夫。ぴったりでしょ。いつもみんなの後ろにいるの。それでね、それでね」

母親が私の腕をつかむ。こんな姿は見たことがなかった。ヨシダさんという名前らしい介護ヘルパーさんには、いつもこんな話し方をしているのだろう。独りになって、年をとって、病気になって、ようやく甘えられる人を見つけたのだと思う。それまでの針鼠みたいに周囲を警戒し続けた人生には、ついぞいなかった。

「この小さな白い点、これはうちの猫。とっても可愛いの。あれ、どこにいっちゃったんだろう」

どこかで猫が昼寝をしているとでもいうふうにアトリエを見まわしている。口を尖らせてから、すぐにすぼめたのは、呼ぼうとして、名前を忘れたことに気づいたからだろう。

「マユだね」

そう言うと、母親は両手を口にあてがい、子どもみたいに両目をくるりと動かした。この人にだって幼い頃があって、きっと、こんな表情を見せることもあったのだ。

「ふふ、そう。ど忘れしちゃった」

キャンバスをうっとりと眺め続けている母親に尋ねてみた。

「逸子（いつこ）さんはどこにいるの？」

「わたし？」

母親がくすくす笑った。少女のような無邪気な声で。

「わたしはここにいるじゃない」

「いつもありがとうね」

母親が笑っている。家族にはめったに見せなかった笑顔。他人行儀な愛想笑いだとわかっていたが、儀礼的に微笑み返した。頭をさげてきたから、私も会釈した。私が顔を上げても、まだ頭をさげ続けていた。

ここへ来たら、言おうと思っていたことを、私はもうひとつ思い出した。

私、自分の店を持つことになったんだ。あなたには「下品ね」と眉をひそめられるだろう夜の店だが、必死で働いて、自分を殺して、時には闘って、そういう女だと思われないように針鼠になって自分の暮らしだけはきちんとして、そうやって手に入れた店だ。

でも、私の口からこぼれ出たのは、まったく違う言葉だった。絶対に言わないはずだった言葉。

「また来るから」

来た時には夏はまだ続くのだと思っていたのに、季節がいつのまにか秋に変わっていることを帰り道の私は知る。

夕刻の風はひんやり冷たくて、駅前のロータリーの円形花壇に咲くコスモスをゆらゆらと揺らしていた。コスモスの花群れの中に、白いワンピースの女の子が立っていた。ワンピースのそこかしこにひまわりの花が咲いている。あくまでもモチーフだから、色は水色。

ずっとここにいたんだね。

駅にむかう私の後を少女がついてくる。学校が終わり、友だちとも遊べずに、のろのろと家への坂道を登る時の足どりで。

陽はもう西に傾いていて、ホームのそこかしこに長い影をつくっていた。

私のつくる影はひとつだけだったけれど、私は二人で電車を待った。

ごめんね、ずっとほうっておいて。

でも、もういいんだよ。

上り列車がホームに滑りこんでくる。

そして私は一人で乗った。

遠くから来た手紙

1

件名／Re：ごめん。今日も残業。夕飯いらない。

本文／遥香を連れて実家に戻ります。しばらく帰りません。返信は不要です。ＴＥＬも。

海外旅行用のキャリーバッグを敷石の上へ運び、前だっこしていた遥香を抱え直す。それから祥子はチャイムを鳴らした。格子戸から顔をのぞかせた母の第一声は「ちょっとあんた何やってるの」だった。

「しばらく居させて。ううん、ずっと居させて」

急須のお茶を祥子専用の湯のみに注ぎながら、母が呆れ声を出す。

「何があったか知らないけど、孝之さんには言ってあるの」

「うん」

メールは新幹線に乗る前に打って、その場で電源を切った。

「はい、おもたせ」東京駅で買ったモンブランが、じつは祥子自身のお気に入りだと見抜いている母は、お茶と一緒に出してくれた。「あちらのお義母さんは？」

「絵手紙サークルの人と温泉旅行。だから今日にしたの。ああ、おいしい。お茶はやっぱり静岡だね」

「のん気なこと。もう気がすんだでしょ。夕飯早くするから、食べたら帰りなさい」

祥子のかわりに遥香が返事をした。「あぷぅ」それが母には「嫌」と聞こえたようだ。

「って言っても、聞かないら、あんた」

「うん、帰らない」

「お父さんがなんて言うか」

「関係ないよ。私たちの問題だもん」

スマートフォンの電源を入れた。孝之からの電話は二件。留守電はふだんから使っていない。妻が家を出たっていうのに、少なくないか、二件。

「あのヒトから電話があっても、取りつがないでね」

孝之という呼び名は使わず、「あのヒト」と他人のように言ってみる。いまの気分の私は、江藤祥子ではなく、旧姓の椎名祥子なのだ。

「そういうわけにはいかないよ」

「部屋、使わせてもらうね」

　二階には、結婚するまでこの家で暮らしていた祥子の部屋がある。孝之や遥香と一緒に帰省したときにも、いつもそこに寝泊まりしていた。

「あ、でもほら、いま二階は、あれだもんで」

「あれ、って？」

「辰馬（たつま）たちが使ってるから」


　辰馬は祥子の弟だ。そうだった。三か月前、式は挙げずに籍だけ入れた彼女と、この家にころがりこんできたのだっけ。東京でフリーター同然のフリーの、ウェブデザイナーをやっていたのだが、諦めていまは父の果樹園を手伝っている。なにしろお嫁さんの麗亜（れいあ）ちゃんのお腹には七カ月の子ども。

　眠ってしまった遥香とキャリーバッグを、一階の奥の間へ運び入れる。床の間とつくりつけの仏壇がある和室。六年前に亡くなった祖母の部屋だ。

　ちょいとおばあちゃんに挨拶しとくか。お線香を上げようと立ち上がったが、一本もない。

　仏壇の下、大きな収納棚の観音扉を開けると、和服をしまった簞笥を開けた時のような（もしくは神経痛の湿布薬のような）匂いがした。おばあちゃんの匂いだ。

収納棚の中には木箱や紙箱、紙袋がぎっしりつまっていた。お盆の時に使うもの一式をのぞけば、あらかたがお棺に入れられなかった、おばあちゃんの私物。

お線香を探して箱や袋をひとつひとつ開けた。安物とわかっているのに大事にしていた指輪やネックレス。祥子の成人式の時に、と取って置いてくれたのだけれどサイズが小さすぎて履けなかった草履。手紙の束が入っている小箱。死亡診断書の写し。ときおり思い出したように眺めていた古い古いアルバム。

他人の秘密を覗き見しているようで、なんとなく後ろめたい。ふいに祥子は、自分が何か忘れ物をしている気分になった。頭の隅に画鋲(がびょう)が刺さっているのだけれど、その画鋲で留めたメモの内容が思い出せない。たぶん、祥子にとっては大切なこと。なんだっけ。いやいや、いまはお線香だ。

箱と袋を隣の床の間に積み上げて、奥を覗いたけれど、ない。七回忌が終わったとたん、ないがしろ？　おばあちゃんは、祥子には優しい人だったけれど、母にとってはどうだったんだろう、と空っぽの仏壇下を眺めて思った。おばあちゃんに関する愚痴を父にこぼしているのを聞いてしまったのは一度や二度じゃなかった。きっと嫁目線では、「いいお姑(しゅうとめ)さん」なんて、この世に存在しないのだ。いまの祥子にはそれがわかる。

ああ、あった。なんのことはない、仏具の備品は、高さ十センチほどの狭い上の棚に揃っていた。

お線香をともしたとたん、遥香が泣きだした。おっぱいが欲しいって言ってる泣き方。だめだめ。先月、一歳二カ月になった日から卒乳を開始しているのだ。離乳食とベビー用食器が入ったコブタの顔のリュックを手に取って、祥子はキッチンに急いだ。

日が暮れて父が家に戻ってくると、お茶の間は不穏な空気に包まれた。歩きはじめたばかりの遥香のとてとて歩きに相好を崩していたのは最初のうちだけ。母から祥子が訪ねてきた理由を聞くと、とたんに黙りこんだ。いつもそう。すぐには叱らない。浅草寺(せんそうじ)の仁王像みたいな顔で（口を閉じてるほう）、説教のせりふを頭の中で練り上げる。祥子たちの結婚式でスピーチする時も三か月かけて原稿を書いた人だ。

頼みの綱の遥香は、煮かぼちゃを口に入れたまま眠りこんでしまった。祥子は、披露宴がわりの食事会で会って以来の麗亜ちゃんに話しかけて、場の空気を変えようともくろんだのだけれど、いまひとつ話が嚙(か)み合わない。しかたないか。麗亜ちゃんはまだ二十三歳。祥子とは十以上年が離れている。

晩酌のビールが日本酒に変わる頃には、父の原稿が完成してしまった。何の前ぶれもなく、いきなり「何を考えてるんだ、おみゃあは」ときて、「男が仕事第一で何が悪い。子育ては女の仕事だ」と続き、「だんなの母親を大切にできにゃあようじゃだめだ」と昭和な論理を振りかざす。日常会話をしているぶんには、悪い人ではないし、扱いやすいタイプなのだが、父とは議論はできない。地球外生物とコンタクトするようなもの。そもそもこっちの言葉は聞こうともしない。

「孝之君のことが言えるのか？　片づけもろくにできにゃあし、料理だって結婚前にあわてて覚えただけだら」

何を言われようがいつものこと、耳を配管パイプにして聞き流す、つもりだったのだが、実家はいままでとは違う家だった。麗亜ちゃんの前で小娘扱いされるのは、たまらない。遥香をちゃんと寝かせなくちゃ、を口実に和室へ逃げこんだ。

母が敷いてくれていたふとんに遥香を寝かせてから、スマホを手に取った。夕飯のあと、一度だけ着メロが鳴ったけれど、無視していた。孝之からに決まっている。友だちの多くは結婚しているから、ご飯どきにメールなんか寄こさない。

件名／Re：Re2：ごめん。今日も残業。夕飯いらない。
本文／いろいろ申しわけないと思ってる。ちゃんと話し会おうよ、今度こそ。今日にでも静岡へ行きたいけど、仕事詰まっててまったく動けず。土にそっちへ行く。

文字数をかぞえてみた。17字詰めで4行＋4、72文字。誠意があるとは言えない少なさですな。誤字もある。どうせ仕事の片手間に打ったんでしょうよ。それと、あんたの場合、Reは消せ。
土？　今日は水曜日だ。怒。タクシーを飛ばして新幹線を使えば、孝之の会社からここまでは二時間とかからない。夕食のときにも祥子は、玄関チャイムが鳴るのを待っていた。定時に会社を飛び出て、汗まみれで玄関ドアに立つ孝之の姿を、心のどこかで期待していた。

そうですかそうですか。ああ、そう、ですか。もちろん返信なんかしない。次からは開くことすらやめてやる。沈黙の恐ろしさに震えるがいい。電源も切ろうと思ったけれど、友だちの誰かからメールが来たら、思いっきりオットの悪口を書きたくて、遥香を起こさないようにマナーモードにしておいた。二人の共通の友人はけっこう多いのだ。

祥子と孝之は、この町の同じ中学に通っていた。中三の春、むこうから告白されて、つきあいはじめた。お友だちからでいいなら、なんてもったいぶって祥子はオーケーしたのだが、頭の中には教会のフレスコ画みたいに天使が翔びまわった。祥子も彼のことが好きだったからだ。軟式テニス部の副キャプテンで、数学が得意で、顔はちょっとおサルが入っているけれど目がつぶらで、あの頃の祥子には誰よりもかっこよく見えた。つまり祥子は初恋の相手と結婚したわけだ。

「恋愛と結婚は違う」

三十過ぎまで独身だった祥子が、友人や職場の先輩にさんざん聞かされた言葉だ。未婚のコのせりふなら、そういう価値観もあるのだな、なんとまぁサバサバして、いっそ小気味が良いこと、なんて他人事として聞いていられるが、既婚の人たちからは聞きたくなかった。私に負のオーラを吹きこまないで。自分たちの夢破れた現実の泥沼に、人を引きずりこまないで。いつもそう思って聞いていた。

結婚して三年目、子どもも生まれたいまになって、祥子は思う。

確かに、恋愛と結婚は違うかもしれない。

次に会えるまでの長い時を数えて過ごす日々は短い。

一緒に暮らす毎日に照れ笑いを交わし合う時間はもっと短い。

遥香が生まれてしばらくの間、孝之は娘をお風呂に入れるために、仕事を早く切り上げて帰ってきた。おむつも躊躇せずに替えていた。夜泣きした時には、祥子より先に飛び起きて遥香をあやした。でも、それもこれも、遥香に歯が生える頃まで。子どもの成長曲線に合わせて、帰宅時刻曲線も元のとおり、限りなく深夜に近づいた。「娘を風呂に入れるから帰ります、っていつまでも言いづらくてさ」孝之はそう言う。上司が年上の独身女性なのだ。上司と妻、どっちが大事なのさ。最初はもの珍しかったパパの仕事に飽きただけじゃないの？

孝之はいつもいないのに、お義母さんは頻繁に訪ねてくる。祥子たちと同じ東京、しかも二駅の近さの街に住んでいるのだ。祥子が心を鬼にして遥香から遠ざけている甘いお菓子をたっぷりかかえて。ときには古い古いセンスの、遥香に着せるとちくちくを嫌がる手編みのベビー服も。去年、お義父さんが亡くなってからは、週一ペースだ。

「祥子さん、あんまり神経質にならないほうがいいわよ。孝之なんか一歳前から、大人と同じもの食べさせてたもの」

だから三時間煮こんだ妻のシチューより、ファミレスのランチサービススープに感動するような大人になるのだ。

「だっこでお外はやめたほうがいいと思うの、やっぱり、おんぶよ。おんぶのほうが情操教育にもいいって、このあいだテレビでやってた」

どんな情操教育をした果てに、足で脱いだ靴下をソファの下に押しこむような男が生み出されるのか、聞いてみたい。

「このお茶、体に悪いんですって」「鏡の場所、変えたほうがよくない？　あそこは鬼門よ」「トイレットペーパー、三角折りにしましょう。子どもが娘なんだし」

うるさい。

ドラマにはよく、指で埃をこするお姑さんが登場するけれど、現実の姑は自分の指を汚したりはしない。孫の指を使うのだ。「あらぁ、遥香ちゃん、ここばっちいばっちいよぉ」

孝之に不満を漏らしても、「いまだけだよ、オヤジが死んで寂しいんだろ」「兄貴の嫁さんとはうまくいってないから。お前のほうが気が合うらしいんだ」なんてマザコン丸出しでかばったり、話を逸らしたり。まさか次男なのに、うちで引き取るなんて言い出さないでしょうね。

男って結局、生殖を終えたら群れから離れてしまうオスなのか？　私だって外に出たい。結婚して東京で暮らしはじめた当初は、祥子も不動産会社で事務の仕事をしていた。楽しい職場とはいえなかったし、一年しか勤めていない会社に育児休暇をもらうわけにもいかず、出産を機に辞めてしまった。狭いマンションで一人、泣きやまない遥香をあやし続けていると、思う。あそこでもいいから戻りたい、って。

農家の夜は早い。十時を過ぎたら一階はしんと静まり返った。二階からX JAPANがかすかに流れているだけだ。

母乳をあげる必要もなくなったし、冷蔵庫から缶ビールでもくすねてこようか、と祥子が考えていると、スマートフォンが光り、小さく身震いした。孝之からだな。『いま駅に着いた。あと十分でそっちに着く』なんてメールを期待していた自分が馬鹿だった。そもそも送信者は「タカユキ」ではなく、名前のない見知らぬアドレスだ。

件名／向暑の候

本文／其の后　元氣に過ごして居る事と想います。私も元氣一パイ任務に精進して居ます。御安心ください。とは云へ何時何所に居ても　お前の姿が頭に浮かんで仕方ない。近々　■■■■へ移動する事もあり　しばらくは便りを出せなくなりそうだ。
母の事宜しく頼む。子どもの寫眞送つてくれ。

なんだこりゃ？

迷惑メール？

文面を二回読み返して気づいた。いや、やっぱり、これ、孝之からだ。送信者が自分の名で表示されると開いてもらえないと悟って、会社のパソコンから送ってきたに違いない。

ここまで馬鹿だったか。手紙みたいなギョーギョーしい文章にすれば、真剣みが増すかも、なんて小賢(こざか)しい戦略だとしたら、逆効果。私を懐柔しようとするジョークであるなら、面白くもなんともない。

移動？　総務兼営業から編集の部署への異動が正式に決まったってこと？　孝之が勤めているのは、最初に聞かされたときは、まったく名前を知らなかった出版社だ。『VERY』も『ひよこクラブ』も出していない、いわゆる中小。別に勤務先で結婚を決めたわけじゃないけれど、ほんの少しがっかりしたのも事実だった。

■■■■■のところは、パソコンの特殊文字の文字化けに違いない。絵文字、めったに使わないから、知らないだろうけど、孝之の使っているスマホの絵文字なんかは、祥子のに来ると「■」になる。同じ会社のにしようって祥子が言っても、首を縦に振らないのだ。つながりがどうのこうのって理系っぽい理屈をこねて。

　孝之は五年前に、電機メーカーのシステムエンジニアから、何を思ったか出版社に転職している。業界のことをよく知らない祥子にだって、無謀で、採用した会社が孝之に何を求めているのかが明らかな転職だ。

　わかってないいんだよね。理屈はいらないのだ。女が欲しいのは、「いいよ」っていう言葉なんだよ。

　無視するつもりだったのだけれど、仏間だったせいか、心に仏が宿った。わざとReのままで、思いつくかぎりのいちばん短い返信をする。

　件名／Re：向暑の候

　本文／つまんないよ。馬鹿。返信絶対不要。

2

　いつものように遥香の泣く声が目覚ましがわりだった。おむつが濡れるとすぐに泣く、神経質な子だ。父親に似たに違いない。結婚前は、ちょっとボーッとしてはいるけれど、細かいことを気にしないおおらかさが孝之のいいところだと思っていたのに、一緒に暮らしてみたらこれが、けっこう小うるさい。

「味噌汁にかぼちゃって、なしでしょう」「ちょっと味、濃くない？」「おむつ替えてるときに、今夜はカレーとか言うの、やめてくれる」「俺、三足千円の靴下、だめ。痒くなる」だったら自分でつくりなさいよ。だから靴下をソファの下に隠すのか？

おむつを替えたら、遥香はまた眠りこんだけれど、祥子の目はすっかり覚めてしまった。時刻は午前五時を過ぎたばかり。二度寝としゃれこむか、コーヒーでも飲もうか、迷っているうち、台所から庖丁の音が聞こえはじめた。そうだった。農家の朝は早いのだ。

広さだけは羨ましい田舎家の台所に立っていたのは、麗亜ちゃんだった。昨日はぱっちり二重まぶただったのに、何をどう細工していたのか、こちらに向けてきた顔は、重たそうなひと重になっている。

「おはよう。朝ごはん？　たいへんだね」

いまの季節はましなほう。収穫時期には、暗いうちから仕事が始まり、朝ごはんはひと仕事終えた後だ。食事会で会った時の麗亜ちゃんの長くて赤い爪は、短く丸く地の色になっていた。若いから地の色もピンク。

あんず色の髪をひっつめにした麗亜ちゃんが、抑揚の乏しい声で言う。

「朝ごはんはウチがつくるって約束なもんで」

「最初、驚いたでしょう。四時半起きぐらい？」

「うん」

刻んでいる大根は、先輩主婦から言わせれば、千六本というより五百三本だけれど、ちゃんと昆布と鰹節でお味噌汁のだしを取っている。えらいな。私なんか、インスタントだしですませているのに。

「手伝おうか」

「平気っす」

「遠慮しなくていいってば。何をすればいい」

「いや、いいっす」

頑な。あれか、昨日お父さんが、料理もろくにできないだのなんだの、と私をさんざんけなしていたから、警戒しているのか。

「あ、椎名家直伝の卵焼きつくろうか。もう教わった？」

あんず色のひっつめ髪の毛先が横に振れる。

「もしよかったら、レシピの参考にして。だいじょうぶ。私の責任においてつくり、味の全責任は私が負う、ということで」

母のエプロンを借りようと思ったのだが、見当たらない。母の姿もない。麗亜ちゃんから外にいると聞いて、勝手口から顔だけ出す。

母は外飼いの柴犬、クリスケのところに居た。散歩に連れていくでもなし、餌をやるでもなし、所在なげにクリスケの首筋を撫ぜている。まだ六十代前半なのだが、背中を丸めたその姿は、まるっきりお婆さんだった。麗亜ちゃんに張り合うようなキャプテンサンタの派手なTシャツ姿に、主役の座を奪われてステージを降りた老女優の悲哀が漂っている。

母の窮屈なエプロンを身につけて台所へ戻る。味噌汁の鍋がふつふつと煮えていた。ふと見ると、沸騰の泡に翻弄されて躍っているのは、まだ鰹節だった。

「ちょっとあなた何やってるの」

つい、自分のせりふとも思えない、きつい調子になってしまった。麗亜ちゃんが、ひと重の目をぱっちり見開いた。

「へ」

「鰹節、そんなに長く入れちゃだめ。ああ、昆布も」

「え、そうなの。じっくり煮こんだほうがおいしいのかと思ってた」

「違う違う。一番だしは、沸騰したらすぐ。三十秒かせいぜい一分ぐらい」

母は何も言わないのだろうか。ひとくち味をみればわかるだろうに。自分で気づくまで大目にみている？　元主演女優としては、芸は教わるな、盗め、と言いたいのか。そういえば、椎名家の卵焼きのつくり方を教えてくれたのは、おばあちゃんだった。「嘉代子さんにだって教えたことはないよ」そう言って。世の中、順ぐりだ。

きつい口調のいいわけみたいに、ことさら優しげな声で話題をかえた。

「先々は、二世帯にするんでしょ」昨日、辰馬がそう言っていた。

「うん、でも、いつになるか……梨、そんなに儲からないみたいだし」

「だけど、早いほうがいいよ。うちの親、けっこう面倒くさいでしょ」

「まぁ……でも、ウチの親よりましっす。どっちにしろ、ウチらのほうが長く生きるし」

長期戦略か。強いわ、この子。確かにまだ二十三歳だから、遠からずこの家の実権を握れば、長期政権を敷けるだろう。

卵にほうれん草をまぜるのが、おばあちゃん直伝の卵焼きだ。だし巻きじゃないから、だしは省略するのだけれど、麗亜ちゃんの、出すぎるほど鰹節の味が出ているはずの味噌汁だしをほんの少し混ぜてみた。いちおうは手順を横目で追ってくれていた麗亜ちゃんが、いきなり尋ねてきた。

「お義姉さん、離婚するんですか」

「え、いやあ、そんなぁ」正直、そこまでは考えてもいない。

麗亜ちゃんの厚ぼったい目は案外に鋭かった。

「ここに住むわけじゃないっすよね」

「もち、ろん」味つけした卵を舐めていた祥子は喉を詰まらせた。「ないない、それはない」

ないないない、と両方の手のひらを激しく振りながら、祥子は思った。私の戻る家も、もう、ないないない、と。

そして、ふいに思い出した。きのう仏壇の下を探っているときに頭をよぎった、自分の忘れ物が、何だったのかを。

「ねぇ、私の机、知ってる？　納戸かな」

「机？」

「うん、二階で使ってたんだ。パソコンデスクというか化粧机っていうか、学習机みたいな、古い木のやつ」

今年のお正月に帰省した時には、昔どおりの場所に置いてあった。地元の短大に通っていた頃から使っている机だ。もう処分しちゃっていいよ、来るたびにそう言っているのだが、何につけ捨てない性分の母はずっとそのままにしている。母に尋ねたら、「やっぱりね。とっといて良かったよ」なんて厭味を言われそうだ。

「あ、もしかして、引き出しに古くさいプリクラシールが貼ってある？」

「そうそう」古くさいはよけいだけどね。

「あれ、部屋に置いてありますよ」

「え、だって、私の部屋もあなたたちが使ってるんでしょ」

「うん、その机、リビングで使わしてもらってる」

ひゃあ。大変だ。卵焼きを放り出して祥子は二階へ駆け上がる。階段の途中でパジャマ姿の辰馬と鉢合わせした。

「お、姉ちゃん、おはよう」

「私の部屋、入らせてもらうよ」

「え、俺らのリビングのこと」

平屋を増築した二階には二間だけが並んでいる。階段を上がったすぐ先、辰馬の部屋の開け放したドアの向こうにセミダブルのベッドが見えた。

奥のほうの祥子の部屋は、まったく別の場所になっていた。カーテンもファンシーケースもピンク。猫耳の生えたクッションはまるごとハローキティの顔。薄鬚（うすひげ）を生やした辰馬がここで日々を過ごしている姿は、ちょっと想像できない。真っ赤なラブソファも麗亜ちゃんの趣味だろう。もう少しすると後悔するよ、ラブソファ。ダブルベッドも。

喧嘩した時はとくに。

ローボードの上には親に買ってもらったんだろう、部屋には不つりあいなほど大きなテレビ。祥子の机はその反対側の壁ぎわに置かれていた。机の上には水槽が置かれ、メダカを蛍光ペンで彩色したような熱帯魚が泳いでいる。

階段を上がってくる音がし、辰馬が再び顔を出した。麗亜ちゃんに何か言われたのか、いきなり言いわけを口にする。

「机、まずかった？　悪い。ちょうど手頃な大きさだったから」

「それはいいの。ちょっと探し物。あんたはいなくていいよ。それから、尻を掻くな」

孝之とおんなじだ。朝、寝室から登場するときにはいつも、マニュアルでもあるみたいにパジャマに手をつっこんでお尻や股間を掻く。遥香が年頃になったら、その手で私に触らないで、って叫ばれるのが目に見えるようだ。「起きたらパジャマはすぐに着替えなよ。結婚したからって油断してると、奥さんに嫌われるよ」

辰馬の足音が遠ざかるのを確かめてから、机の片袖のいちばん下の引き出しを開ける。熱帯魚の餌や飼育グッズが詰まっていた。祥子は腕を伸ばして、ひとつ上の引き出しの底を探る。

お願い、無事でいて。肘まで手を差し入れると、手応えがあった。粘着テープの耐久性って捨てたもんじゃない。底板に鍵が貼りつけてあるのだ。いちばん上の、錠前付きの引き出しの鍵だ。

鍵を差しこんで引き出しを開けると、懐かしさと黴臭さで胸がいっぱいになった。中には手紙の束。

二十年前の祥子と孝之の淡い恋は、唐突に終わりを告げた。製紙会社のサラリーマンだった孝之の父親が突然転勤になり、年が明けてすぐ、卒業を待たずに東京へ行ってしまったのだ。

祥子は何日も泣いた。孝之も泣いてくれた、のかどうかは知らない。

当時は、携帯電話なんて、怪しげな職業の大人が持つものだった。コードレスじゃないリビングの固定電話には、自分の十五歳の娘にボーイフレンドなどいるわけがないと思いこんでいる父親の耳がいつもそばにある。東京までの新幹線の往復切符代がこづかい半年分で、門限午後七時の女子中学生には、手紙が初めての恋をつなぎとめる唯一の方法だった。

何度、手紙を書いただろう。

何度、返事を読んだだろう。何度、それを読み返しただろう。

祥子は空き巣みたいな素早さで、手紙の束をかき集める。エプロンでくるんで部屋を出ようとしたら、またもや辰馬が現れた。

「あんた、まだいたの」

腰をかがめてエプロンの裾を両手でかかえる。

「いや、ここ俺たちの部屋だし」

「ああ、そうでしたっけ。お邪魔さま」

「パジャマ着替えろって、自分が言ったんじゃね」

短パンとTシャツに着替えた姿を見せに来たらしい。片手で宙を指さして横歩きをする、何かのダンスらしいが、誰の真似なのかわからないパフォーマンスをしてみせる。

「ムリして若者言葉使うのやめときな。あんたもう三十一でしょう」

「あ、姉ちゃん、机っていえば、中にさ」

手紙、気づかれてたか？　中身を勝手に読むような弟じゃないが――姉のことに興味がないって意味で――取っておいていることを知られるだけで恥ずかしい。辰馬が二番目の引き出しから何かを取り出した。

「ほら、これ。データが残ってるかもしれないから、捨てらんなくて」

辰馬が指にぶらさげたのは、いまとなっては気恥ずかしいご当地キャラクターのストラップをつけた携帯電話だった。結婚するまで祥子が使っていたもの。

「お邪魔さま」

腰をかがめたまま携帯をひったくった。

「この卵焼き、誰がつくった」

父の言葉に、麗亜ちゃんが首を縮め、訴えかける目を走らせてきた。祥子は約束どおり片手をあげた。

「はい、私でーす」

「相変わらず、料理が下手だな」

むか。出来は悪くないはず。味が薄くて甘さも足りないのが気に入らないのだろう。椎名家の卵焼きには砂糖をたっぷり入れる。醤油も濃いめ。祥子がつくったのは、いま風の砂糖なし、醤油控えめ。孝之はそのほうが喜ぶ。

二十年前の孝之との手紙のやりとりは、週に一通ずつのペースだった。祥子は毎日でも書きたかったのだが、高校受験も終わっていなかったし、孝之が筆まめじゃないことはわかっていたから、しぶしぶ我慢していた。

二人が東京と静岡の別々の高校に入学すると、それが二週間に一度になり、最初の期末テストのあとは、月に一度になった。

秋の終わり、たいてい一週間ぐらいで来るはずの孝之からの返事が、二週間待っても来なかったとき、祥子はもう一度、手紙を書いた。

もういいよ。迷惑かけてごめんね。これを最後の手紙にするから安心して。

ただの友だちだと孝之は書いていたけれど、文面に女の子らしい同級生の名前がしばしば登場するようになったことに気づいたからだ。

東京で会おうっていう約束も結局、果たされないままだった。祥子は日帰りの切符代とクリスマスプレゼントを買うお金を貯め終えていたのだけれど。

孝之と再会したのは、四年前。全員が三十歳になった記念だという、中学の同窓会でだ。来ているとは思っていなくて、声をかけられて振り返った時には、めったに履かない7センチのヒールが折れそうになった。

十五年間で別人のように変わってしまった人もいたけれど、孝之は、頬からにきびが消えた以外、どこも変わっていないように祥子には見えた。最初に交わした言葉は、その日、久しぶりの相手とは誰もが挨拶がわりに口にしていた常套句だ。

「江藤君は、もう結婚した？　子どももいるの？」

「いや、俺まだ独り」

「私も」

二人とも独身であることがわかったとたん、急に会話がぎこちなくなった。とはいえ、その場で何があったわけでもない。二人の間に昔から空気が読めないエミが割りこんできて、孝之はすぐさま男の子たちの輪に呑まれて。迷っていた二次会にも祥子は参加したのだけれど、半分以上の人が残っていたそのカラオケの店では、席はずっと遠く離れたままだった。

　翌日、祥子は駅ビルに出かけた。お盆休みで、7センチヒールの片いっぽうが本当に取れかけていたから、修理してもらうためだった。そこで、東京に戻る孝之とばったり会った。あのときばかりは、赤い糸の伝説を信じてもいいと思った。あとになって孝之は言っていた。「小さな奇跡ぐらいは誰にでもあるんだね」

　東京行きの新幹線が到着するまでの短い間、喫茶店に入り、お互いの十五年間のことを報告し合い、電話番号とメールアドレスを交換した。

　十五年前と違っていたのは、二人に携帯電話があったこと。新幹線の往復料金が、贅(ぜい)沢(たく)な飲み会一回分ぐらいになっていたこと。友だちと旅行すると言っておけば、祥子が東京に何泊もできたことだ。十五歳の頃は、夕方の公園でこっそり手を握り合っただけだったのに、三度目に東京で会ったとき、泊まっていたホテルで孝之と朝を迎えた。

　というわけで、二度目の遠距離恋愛は、成就した。二年後に二人は結婚し、祥子は東京で暮らすことになった。

　手紙はキャリーバッグの奥、遥香の数日分のおむつの下に隠した。読むなんて恐ろしすぎて、できない。孝之からの手紙ばかりじゃなく、毎日でも書きたかった頃の祥子の、出さずにしまいこんだ手紙も混じっている。実家にいる間に燃やしてしまうつもりだ。
　携帯電話は、辰馬から充電器を借りてチャージしたら、生き返った。こちらは怖いもの見たさで、つい開いてしまった。父と辰馬が家から少し離れた果樹園へ行き、母と麗亜ちゃんは買い物に出かけ、遥香も寝てしまった一人の時間があまりに暇だったから。優しい言葉に飢えていたのかもしれない。結婚直前の最後のほうの記録は、送信リストも受信リストも、「孝之」の名前ばかりだ。

件名／Re：もうすぐ東京駅。あなたまで十五分♡
本文／今日は東京までありがとう。クリスマスプレゼント、嬉しかった。大切にする。一生大事にする。夏でもマフラー巻いたままで過ごすよ。正月にご両親のところへ挨拶に行ければいいのだけれど。いまのところ不明。今度の会社は、休日でも誰かが出ているし、PCがトラブったら、僕がなんとかしなくちゃならないんだ。

　なぁにが、一生大事にする、だか。孝之のマフラーは、あれから代替わりしていて、あのマフラーはすでにこの世には存在しない。まぁ、「もうヨレヨレ、これやめなよ」とすすめたのは、ほかでもない私ですけれども。てっきり孝之が覚えていて「いや、だめだ」と言ってくれると思って。知ってる？「あ、そうだね」ってあっさりオーケーしたあなたの言葉をいまでも覚えているんだよ、私。

それにしても、業務連絡みたいな文面は、変わってないな。Reを消さないのも昔からだったのか。以前は気にもとめていなかった。Reのあとに残された自分のハイテンションが恥ずかしい。

おっと、これは日づけからすると、プロポーズされた翌日のメールだ。

件名／Re：私でいいの？　いい奥さんになれるかな？
本文／当たりまえじゃん。もちろん俺は本気だからね。祥子とずっと一緒に生きていけたらと思っている。指輪はもう少し待ってね。たいしたものはあげられないと思うけど、気持ちだけは、100カラットだから。

ぽちぽちぽち。鳥肌の立つ音が聞こえてきそう。見ないでおくべきだったか。自分たちの言葉とはとても思えなかった。それにしても、この祥子って女、けっこう嫌な女だ。「私でいいの？」だと？　新幹線のドアの向こうとこちらで手を振り合って別れたあと、座席で小さくガッツポーズをして、修道女みたいに両手を組み合わせたくせに。

「祥子」の送信メールも残っていたけれど、そちらは読む勇気がなかった。ん、遥香のおむつが臭いぞ。

この頃、遥香のうんちは臭くなった。離乳食が大人のものに近くなってきたからだ。誰もがいつまでも天使ではいられない。おむつを替えながら祥子は思う。ずいぶん遠くまで来てしまったな、と。その距離は、東京—静岡間よりはるかに遠い。じゅわ。ああ、まだ止まっていないおっぱいが滲みでてきた。


昨日は父の顔を見るだけで泣きだした遥香が、今日はジィジの膝の中にすっぽり納まって両足をぱたぱたさせている。この暑いのに父は、お正月に帰省したとき、古希のお祝いに贈った長袖シャツを着ているものだから、袖は遥香のよだれでびしゃびしゃだ。

現金なもので、それだけで父の便秘中のお獅子みたいな顔が、水族館のアカエイの顔に変わる。日本酒を飲みはじめる頃になると、「もう帰らなくていい」なんて言い出して、孝之の悪口を口にしだした。

「孝之君も、煮え切らにゃあところがあるからな」

うんうん、もっと言って。最初のうちは、そう思っていた。だけど。

「最初に会ったときから、頼りにゃあと思ってたよ」

「男はもっとどっしり構えにゃあと。お前、消防団のマサユキにしときゃあ、良かっただらぁに」

そこまで言われると、腹が立つ。孝之だけの問題じゃなくて、そういう男を選んだ私自身も傷つく。お父さんに良い夫のことが語れるの？　私や辰馬のおむつを替えてくれたことある？　おむつ替えてるときにカレーの話はやめてくれ、と言いながら「おお、キーマカレー」なんてやけくそ気味に叫ぶ孝之のほうがよっぽど男らしい。

というわけで、結局、口喧嘩になって、今日も早々に奥の間へ引き上げた。冷蔵庫から缶ビールを二本いただいて。

腹が立ったのと、本当にしばらくぶりのアルコールの勢いで、キャリーバッグの奥から手紙を取り出した。午後、苺（いちご）の収穫が終わったハウスの陰で燃やしてしまおうと考えていたのだが、できなかった。母たちが買い物から戻ってからは、なかなか一人になるチャンスがなかったし、いざとなると、なんだか惜しくなってきて。

もちろん、孝之以外にもつきあった男はいた。わりと真剣だったのは、二人。人より多いのか少ないのかはわからない。彼らの写真やもらった品は、失恋するたびに捨てた。だけど、この手紙だけはずっと残してある。失恋したわけじゃないから。自分にもこんな時代があったことを覚えておきたくて。

祥子が送る手紙は封筒と便箋も、わざわざ遠くの大きな文房具屋さんまで行って、どれがいちばん可愛いか悩んだ末に選んだものばかりだったのだけれど、孝之が寄こす封筒はいつも、あの頃はどこの家庭にもあった、白くて紫の中紙がついた定型封筒だった。

便箋はＣａｍｐｕｓのルーズリーフ。

二本目の缶ビールを置き、指先を遥香のよだれ掛けで拭く。どれにも『椎名祥子様』と宛て名書きされた封筒のひとつを手にとった。二十年前のものにしてはさほど黄ばんでいないし、四隅がぴんとしているのは、孝之からの手紙を、刑事ドラマの鑑識係が証拠物件にそうするように、大切に大切に扱っていたためだ。皺になっているものがあるとすれば、嬉しくて抱きしめてしまったからだ。

「読んでみよう」最初から決めていたのに、声に出して言ってみる。

遥香は問題なし。辰馬からもらったキティちゃんのプラ人形の耳をご機嫌で齧っている。昔みたいに指先だけでルーズリーフをそうっとつまみ出す。それだけで胸が高鳴った。最後に開けて読んだのはいつだったっけ。覚えていないほど昔だ。

懐かしい文字が目に飛びこんできた。右上がりのカクカクした、いまもあまり変わらないくせ字。


高校どう？　楽しい？　俺は知ってのとおり都立を落ちて私立。しょぼん。部活もう決めた？　やっぱりブラスバンドかな。椎名さん、音楽得意だから、きっとむいてるよ。くぅーっ、聞きに行きたいな。俺はテニス部じゃなくてサッカー部にしようかと思ってる。Ｊリーグに影響されたわけじゃないけどね。応援してるのは、もちろん清水エスパルス！

あれ。こんなだったっけ。文章、下手すぎ。もっと甘い言葉が並んでいた記憶があったのだけれど。祥子が頭の中で、自分のセンチメンタルな気分に合わせて、勝手に意訳したり、補足したりしていたのだろうか。あの頃読んでいたのは、自分で自分に宛てた手紙だったのかもしれない。

　他の手紙もいくつか開いてみたけれど、やっぱり似たりよったり。中三から高一にかけての男子は、基本的におバカだ。

　そのうちにこんなのを見つけた。

俺、最近、本を読むようになった。太宰治。筒井康隆。村上龍。信じられる？　俺が、太宰。でも、本を読むと、飯を食った後みたいに、いや、もっとか、栄養をもらった気分になれるんだ。自分で書くのはムリっぽいけど（これ読めばわかるよね）、本をつくる人間にならなれるかな、なんて思いはじめてる。マジで。将来は出版社に入りたい。

　そうだったのか。昔々は孝之の手紙の文面を諳（そら）で思い出せたものだけれど、いつのまにかきれいに忘れている。出版社への転職は、電機メーカーの職場が合わなくて、とくに考えもなしに決めたのだと祥子は思いこんでいた。十五の頃からの夢だった、なんて祥子の前では言ったことがないはずだ。仕事の内容は結局、前の会社とさほど変わらないみたいだし。

二十年前の私と孝之は、いまの二人をどう思うだろう。私の夢はなんだったっけ。子持ちの主婦でなかったことは確かだ。

人生って手紙ですらすら書くようにはいかないものだ。父が飲むビールは、いつのまにか発泡酒に変わっていた。辰馬が麗亜ちゃんを連れて舞い戻ってきたからだと思う。

明日は四時半に起きよう。祥子はそう決意した。いままでみたいに実家では寝坊して、母親に「ごはん、まだ？」なんて甘えるわけにはいかない。弟夫婦のいる家は、もう祥子が知っている実家とは違う家だ。

いま十時半前。六時間の睡眠時間なら、乳児子育て中の母親にはじゅうぶん、と睡眠好きの自分を納得させてスマホのアラーム機能を操作していたら、いきなり着信表示が浮かびあがった。

またもや謎のアドレス。孝之はまだ仕事中らしい。文面は昨日にまして妙な、堅苦しい言葉と漢字ばかりの手紙調だ。

件名／清涼の候
本文／元氣で日々暮らして居ることと遠察致します。苦労ばかりかけて居る事、済まないと思つて居る。俺の事は心配無い。元氣で頑張つて居るから安心してくれ。■月より■■■■へ赴く事が決まつた。時局苛烈の度加ふる今こそ　自己の任務に向つて一層努力を傾け、御國の爲に命を捧げる覚悟だ。とは云へ、それでも想ふ。我が子を一度、この手に抱きたいと。お前も体には呉々も氣をつけて。

御国の為？　いつからそういうヒトになったのよ。会社が妙な団体に買収されたんじゃないでしょうね。そうでなければ歴史の本の仕事をしているとか？　自分の家庭ひとつ守れずに、国のためとか言っちゃって。仕事に命なんかかけなくていいよ。もっと大切なものがあるじゃない。
返信するかどうか迷ったけれど、結局、この妙なゲームにつきあうことにした。もしかして孝之は、昔みたいに、もう一度手紙をやりとりしようって、祥子に持ちかけているんじゃないか。そんな気がして。

件名／清涼の候（っていつ？）
本文／元気で暮らして居りますよ。静岡の夜は早く朝も早いでござる。

我が子を抱きたいなら、全部放り出して、帰ってくれば良いで候。

命なんか捧げなくていいよ。

命さえあれば、国なんかいらない。

3

四時五十五分に起き出したせいで、朝早くから梨畑の手伝いをさせられることになった。梨の出荷は早い品種で来月から。苺は五月に終わっている。じつは手伝いをしなくてすみそう、という計算もあって、七月初めのこの時期に実家に帰ってきたのに。予定より二十五分寝坊した祥子より先に起き出して、作業着に着替え終えていた父が言った。

「今日は朝飯前に袋かけをやるぞ。どうせ暇だら、祥子も手伝え」

袋かけ。子どもの頃からさんざん手伝わされてよく知っている。手足より先に首が痛くなる重労働だ。とはいえ、麗亜ちゃんだって手伝うと言いだしたから、やらないわけにはいかなくなった。

七月の太陽は早朝でも眩しい。日焼け止めクリームをたっぷり塗り、農業婦人御用達（ごようたし）の、麦わら帽子にスカーフがついたような作業帽をかぶって、梨棚に腕を伸ばし、まだ小粒の梨のひとつひとつにロウ袋をかける。

梨棚というのは、梨畑の上に張り巡らせたワイヤーのことだ。ここに枝が這うように梨の木を育てて、強い風から守り、作業をしやすくする。高さはそれぞれの農家で微妙に違う。簡単に言ってしまえば、農園主の背丈に合わせる。だから梨畑の頭上というのは、かなり窮屈だ。

父と同じぐらいの背丈の祥子はまだいいけれど、両親に似ず、梨棚に頭が届きそうなほど育ってしまった辰馬は大変だ。首を縮めて作業をしている。いつかここの梨棚は、いまよりずっと高くなるだろう。

母は、梨農家婦人御用達の、発泡スチロール製の高下駄(たかげた)を履いて働いている。小柄な麗亜ちゃんは、妊娠七カ月だというのに、ここぞとばかりに自前のハイヒールサンダルを履いて、まわりをはらはらさせている。遥香はセミの脱け殻を不思議そうに眺めている。それ、歯がためクッキーじゃないからね、食べちゃだめだよ。

夏場の、上を向き続けての作業だから、ひたいからの汗が排水口と勘違いしているみたいに目に流れこんでくる。

うう、しみる。ひい、首が痛い。出戻りはつらいよ。孝之、早く迎えに来て。

朝食が最初の休憩だった。先に梨畑に戻る父たちを送り出し、「もうじゅうぶんっす」初めての袋かけに二時間で音(ね)を上げた麗亜ちゃんとしめし合わせて、ゆっくりゆっくり皿洗いする。遥香のおむつを取り替えるついでに、もう出勤しているはずの孝之に、こっちから電話してしまった。

「ねぇ、いつ来るの」

「へ？　だから、明日には必ず」

「来たって、私、帰らないから」

「そんなぁ」

「電話ぐらい寄こしなよ」

自分で連絡不要って通告しておきながら。祥子ちゃんのわがまま爆弾炸裂。だって他の人間にはこんなめちゃくちゃ言えないから。肉親にだって。

「けど、するなって、祥子のほうから」

「変なメールは、毎晩寄こしてくるじゃない。十時すぎって、こっちの家じゃ深夜なんだからね」

「メール？」

「あのセンス、どうかと思うよ」

「何のこと？」

「え？」

「毎晩メール？　送ってないよ、俺」

祥子はずっとスマートフォンを見つめていた。時刻は午後十時すぎ。またあの不思議なメールがやってくる予感がして。

十時二十五分。艶々した薄い長方形の位牌（いはい）みたいな機械がゆっくりと身震いした。

息を呑み、肩で息をしてから、おずおずと指を伸ばす。

画面に文字が現れた。

件名／梅鶯の候

本文／昨日、■■■■に転隊した。今度の■■■■に於ける戰闘は玉砕か大勝利か二つに一つの作戰になること必至で、此れが最後の便りになるやもしれぬ。御國の爲に死すは男子の本懐と昂りつつ　この所　氣付けばお前とまだ見ぬ子の事ばかり考へて居る。■■■■■と呼ばれても生きて帰りたいとも思ふ。もしこの戰争が■■■となれば、私は、お前や我が子と伴に末永く■■な日々を送ろうと思ふ。子どもを沢山つくろう。笑つて暮らそう。それまでの間　しばし　さやうなら

祥子は淡い光に包まれた画面をいつまでも眺めていた。闇の中で握った指の輪郭が仄（ほの）かに照らされている。たぶん祥子の顔も青白く映しだされているだろう。

部屋の明かりをつけ、床の間に目を走らせた。お父さんの言うとおりだ。片づけもろくにできない。仏壇から出した箱のひとつをしまい忘れていることに気づいたのは、ついいましがただ。

漆塗りの重箱みたいなそれの蓋を開ける。おととい何気なく開いてすぐに閉じた、手紙の束が入っていた箱だ。

色あせた何通かの封書の送り主は、祖母の旧姓の女性名や男性名。おばあちゃんにとっては重要な用件だったらしい親戚からの手紙だ。この中では新しいキャラクター入りの場違いな封筒は、いつかの敬老の日に、子どもの頃の祥子が少女の気まぐれで書いただけの手紙を取っておいてくれたもの。いちばん底に、ビニール袋できちんと包まれた葉書の束があった。

いや、葉書ぐらいの大きさだが、どれも封筒だ。

ひとつを手にとってみた。切手の貼られるべき場所に、落款（らっかん）みたいな刻印が押されている。二文字二列の古めかしい漢字をしばらく眺めてようやく、『軍事郵便』と書かれているのだとわかった。刻印のすぐ下には『検閲済』という赤い文字と、担当者の判子（はんこ）。

この家の住所の、いまとは違う古い番地の隣に書かれた宛て名は、

椎名　静子様

おばあちゃんの名前だ。

なにがし派遣、なんとか部隊なにそれ隊。住所というより所属先が記されたあとの送り名は、

　椎名　正男

会ったことはないが、祥子のよく知っている名前だった。

葉書サイズの封筒に、封はされていない。できないようになっているのかもしれない。封のされていない封書は、三枚綴りの蛇腹折りになっていて、開くと書面が現れる。往復葉書にさらにプラス一枚という感じだ。絵葉書のようでもある。イラストというにはあまりに昔風の絵が印刷されていた。日本じゃないアジアの風景だ。絵を邪魔そうに無視して、びっしりと文字が埋まっていた。

嚴寒の候
遅ればせながら　謹んで新年の挨拶を申し上げます。今年も宜しく。正月三日に男児、無事出産の知らせ、■■■■■で読み欣喜雀躍。天にも驅け上る想いとは、この事か。名は予て相談の通り　勳としたいと想ふ。万事手配頼みます。遠く離れてみると　お前の有難さがしみじみとわかる。こちらは嚴寒どころか毎日毎日暑い。初の軍務に我が意氣も熱く燃えて居る。

ところどころが墨で荒々しく塗り潰されている。検閲というやつだ。昔々の軍隊が、機密が漏れそうな箇所や、自分たちの思想に不都合になるような言葉を塗り潰したのだと、歴史にうとい祥子でもわかった。

祥子はためこんでいた息を吐き出し、仏壇の前に立つ。二つの写真立てが並んで置かれていた。

ひとつは六年前、八十四歳で亡くなった祖母の写真だ。

もうひとつの写真の中で笑っているのは、祥子よりずっと若い、麗亜ちゃんより若いかもしれない若者だ。祥子はもちろん、父も写真でしか顔を知らない人。祖父だ。祖父はおばあちゃんが妊娠中に戦場へ往き、終戦の年にビルマで亡くなった。

このメールって、もしかして。

そんなことがありえるだろうか。世界中の情報を手のひらの中に握れるこの時代に。おばあちゃんが保管していた軍事郵便というものの存在を知っている誰かの悪戯。そう考えたほうが、ずっと現実的だ。

だけど、祥子は素直に、この出来事を信じることにした。現代人の贅沢な悩みを叱る祖父か、あるいは私のことを心配したおばあちゃんが、この世に送ってきたのだと。祥子は夜だったという記憶しかなかったが、収納棚の中の死亡診断書で確かめたら、午後十時二十五分は、ぴったり、おばあちゃんが亡くなった時刻だった。

遥香の小さな寝息が聞こえる。きっと、いまこの部屋にいるのは、私と遥香だけじゃない。怖くはなかった。大きな、目には見えないけれどとてつもなく大きな、そして深くて優しい何かに包まれた気がして、祥子は心から安堵していた。

遠くからの、本当にはるか遠くからの手紙に、祥子は返事を書いた。

件名／椎名正男様　静子様

本文／ありがとう。私はもう平気。

送信。このメールはいったいどこへ行くのだろう。

4

土曜の朝、遥香を前だっこした祥子は、朝いちばんのバスが着く停留所に向かってキャリーバッグをころがしている。東京へ帰ることは孝之には伝えていない。私のかわりにまだ作業が残っている袋かけに従事してもらうつもり。

果樹農家の厳しさを思い知るがいい。育児にきっちり参加するのとどっちがいいか、訊いてやろう。

朝になってスマホをチェックしたら、昨日のものもおとといのものも三日前のも、午後十時二十五分に着信していたメールの記録は、すべてが消えていた。
不思議。でも、まぁ、いいか。小さな奇跡ぐらいは誰にでもある。
孝之の手紙は、ゴミ袋に入れて、ここへ来る途中の集積所に置いてきた。一通を除いて。それは、遥香用品の詰まったコブタの顔のリュックにしまってある。この先、孝之とまた何かあったら、見せてやろうと思って。
その封筒の宛て名は、『椎名祥子様』
送り名は、『江藤孝之』
中学三年になったばかりの四月に、初めて孝之からもらった手紙だ。たった二行でこう書いてある。

君が好きです。
僕とつきあってください。

空は今日もスカイ

空はスカイ。

空の色はブルー。

アスファルトがいまにも溶けそうな夏の道を、茜（あかね）はリュックのベルトを握りしめて歩いている。ちょっと前かがみで。日焼けした足を鳩（はと）みたいに忙しげに動かして。頭にはベイスターズのベースボールキャップ。

道の先には綿あめのかたちの雲が立ちはだかっている。アスファルトの両側はグリーンときどきイエロー。

グリーンはたんぼだ。美容室に行き立てのロングコートチワワみたく毛並みがそろった、緑色のイネが風に揺れている。知らない人のために言っておくと、イネというのはおコメをつくる草のことだ。生まれてから八年間ずっと大きな街で暮らしていたから、茜は知らなかった。茜が二カ月前から住みはじめた家でもイネを育てている。シイタケと鶏とロングコートチワワもだ。

イエローは、たんぼをふちどっているあぜ道に咲く名前を知らない花。茜が名前を知っている花は、ここにはほとんどない。ひまわりとヒメジョオングらいだ。まぁ、いいけどね。花は花だ。英語で言うとフラワー。

茜はいま英語を勉強中だ。小学三年生だから学校で授業があるわけじゃなく、新しく住みはじめた家の、いとこの澄香ちゃんから習っている。茜は鳩の足どりで歩きながら、目の前にあらわれるいろんなものを英語にした。

山はマウンテン。

太陽はサン。

風はウインド。

雲は、雲は、えー雲は、なんだっけ。忘れた。雲の色はわかる。ホワイトだ。山が噴火したみたいな雲のホワイトをのぞけば、空は青の絵の具が百個あっても塗り足りないだろうブルーだ。右も左も頭の上もブルー、ブルー、ブルー。

茜は海をめざして歩いている。海岸についたら風景はもっとブルーになるだろう。ブルー一色の中の、水槽の金魚みたいな自分を想像して、リュックのベルトを握りなおして、買いかえたばかりでまだぶかぶかのバスケットシューズが脱げないようにかかとに力をこめた。

さぁ、今日もブルーな一日が始まるぞ。

海までどのくらいだろう。地図を持ってくればよかったのだけれど、茜が持っているこども日本地図じゃ役に立たないだろうし、だいいち地図があっちゃ冒険にはならない。地図は見るものじゃない。自分で描くのだ。茜が尊敬する冒険家たちもそう言っている。アムンセンもリビングストンもウエムラナオミも。茜は先週、「せかいのぼうけんか②」という本を読み終えたばかりだ。

どのくらい歩いただろう。十マイルぐらいだろうか。来た道を振り返る。ありゃ。忠志おじさんの家の鶏小屋の屋根がまだ見える。十マイルって何メートルだ？

道の先には誰もいない。ノー・ピープル。道の両側のグリーンの中には人影があるけれど、ノー・ピープル。人影に見えるのは、たんぼの中のかかしだ。

右側が雑木林になった。グリーングリーングリーンの葉がきらきら光っている。蟬の声がやかましい。

木はツリー。

葉っぱはリーフ。

蟬はなんだっけ。覚えてたけど、忘れた。嘘。まだ覚えてない。覚えなくちゃ。

声はするのに蟬の姿は見えないから、まるで木が鳴いているみたいだ。ツリー、ソング。

リスがいればいいのにと、茜は思った。リスはスクワーレル。きのう覚えたばかりだ。

ツリー、スクワーレル、ナッツ、イート。

英語はいいな。雑木林の先のちびっこい山も、英語にしたらマウンテン。ふたこぶらくだの背中みたいな変なかたちなのに、なんだか立派に思えてくる。ラクダマウンテン。道ばたのヒメジョオンの間を飛んでいる小さくて灰色のシジミチョウは、バタフライ。死んだバタフライの羽を運んでいるのは、アント。

英語にすれば、毎日のどうでもいいものが、別のものに見えてくる。英語は魔法の呪文だ。汚くて嫌われ者のネズミを、夢の国の主人公にしてしまうことだってできる。

母ちゃんは、マミー。

マミーなら、脱いだ靴をちゃんとそろえなさいとか、部屋で大きな声を出すなとか、シイタケも残さず食べろ、なんて言わないだろう。ほほほ、シイタケなんてへんてこなものは食べちゃだめよぉん。さぁさ、アップルパイを食べなさぁい。

ダメ父ちゃんは、ダディ。

ダメ父ちゃんがダディだったら、小説なんか書くのをやめて、ちゃんと仕事に行くだろうか。ダディだからもちろんネクタイをしめて会社に行く仕事だ。本を出す話がなくなったからって、朝からお酒を飲んだりしないだろうか。母ちゃんと離婚しなくてすんだだろうか。

道のむこうからキュウリを積んだトラクターがやってきた。ハンドルを握ったピープルが、どこの子だっていう顔で茜を見る。そのあとに何をするか、茜にはわかっていた。たんぼに石でも投げこんじゃいないかって目を茜の後ろに走らせるのだ。やっぱりそうだった。

このあたりに住んでいるピープルたちはお互いに知り合いで、新入りの茜たちのことを同じピープルとは思っていない。最初は親切でも、いつまでも帰らないとわかると、とたんに警戒する目つきになる。泰子おばさんもそうだ。母ちゃんが「しばらくお世話になります」と言ったときには、「ずっといていいんだよ」と笑ってくれたのに、泰子おばさんの「ずっと」は十日間ぐらいだった。最近は茜が、おはよう、おやすみなさい、とあいさつしても、返事をしてくれない。「いただきます」のときは、たんぼを荒らすカラスを見る目つきになる。母ちゃんにわざと聞こえるように忠志おじさんに言う。いつまでいる気だろうね。あんた、きちんと食費をもらってよね。

英語だと、おばさんは、アント。ありんこだ。

澄香ちゃんが英語を教えてくれなくなったのも、きっとアントのせいだ。澄香ちゃんが最後に教えてくれた英語は「パラサイト」。茜たちのことだそうだ。いまでは茜は、澄香ちゃんの部屋のイラスト英和辞典という本をこっそり持ち出して新しい英語を覚えている。

スタディ。ブック。ペンシル。フレンド。ファミリー。ペアレンツ。

母ちゃんは母ちゃんで、最近はすぐにカラスみたいなカーカー声をあげる。仕事がなかなか見つからないからだ。いままで住んでいた街では医療事務の仕事をしていたのだが、「近くの大きな病院がなくなっちゃった。私が子どもの頃より田舎になってる。事務どころか、医療がない」なんて言ってる。

勝手なことゆーなよ。だったらなんでここに来たんだよ。茜は来たくて、このビレッジに来たわけじゃない。学校の友だちと別れなくちゃならないことが決まったとき、悲しくて何日も泣いたのに。いまだって毎日寄せ書きを取り出して眺めているのに。

茜は気に入らなかった。澄香ちゃんはマイタウンというけれど、どこから見てもビレッジなここが。母ちゃんといっしょに寝ている物置の隣の狭くて湿ったタタミがぶかぶかした部屋が。窓を開けるときまって流れてくる鶏小屋の臭いが。どこを見てもイネしかない風景が。一学年が二クラスしかない小学校が。転校したとたん夏休みになって遊ぶ相手がいない長い長い長い夏休みが。

ビレッジは嫌いだ。空以外は、みんな嫌いだ。消えてしまえばいい。

母ちゃんは言う。「もう少し我慢してよ。仕事が見つからないと家も探せないの。生活できないもの」

生活なんか嫌いだ。茜はライフがしたい。

茜は石を拾ってたんぼにぽこぽこ投げこんだ。大人は勝手だ。だから茜も勝手にやることにした。今日の茜はただの冒険をしているわけじゃない。大冒険だ。ホーム・ゴーをしてきたのだ。日本語でいうと家出。

行き先は海。それしか決めていない。道の先のどこかに海があるはずだった。去年死んだ、忠志おじさんの家のばぁばが元気だったころ、ここから海へ遊びに行ったことを茜は覚えている。父ちゃんもいっしょだった。まだ泳げなくて浮き輪にしがみついていた茜を、海岸にいる母ちゃんたちがガシャポン人形に見えるぐらい海の先の先まで連れていってくれた。

海に着いたら、海を見るのだ。

彼女は海を見る。英語でいうと、シー・シー・シー・シー。

ここを好きになれないのは、きっと海がないからだ。

茜が二カ月前まで住んでいた街には、海があった。マンションの窓を開ければ、いつも海が見えた。運がいいときにはコンビナートのすき間から船も見えた。色はブルーというより灰色だったけれど、きれいな灰色だった。茜にとって海は、いつもそこにあるものだった。空や酸素や壁紙みたいに。

さぁ、急ごう。シー・シー・シー・シー。

川はリバー。

橋はブリッジ。

渡り廊下ぐらいの幅の橋を渡って、泥の匂いのする川を越えたことを、無線機で報告した。

「ベースキャンプ、ベースキャンプ、応答ねがいます。ただいまどろどろリバーを通過しました」

応答はなかったけれど、気にしない。だって無線機は、いちごキャラメルの箱だ。

「了解」自分で応答して、ついでにひとつぶ食べた。

キャラメルが口の中でとけてしまったのに、海はまだ見えない。ラクダマウンテンのまん中あたりに屋根が見えた。このあたりではいちばん大きな神社だ。あそこに登れば海が見えるかもしれない。

マウンテンの下には赤色の門が立っていた。ピープルたちがトリイと呼んでいる門だ。そこから石の階段が伸びていた。トリイの脇では茜の背より高いすすきが手まねきするみたいに揺れている。太くてまっすぐな木が両側に並んでいる階段は、夕方みたいに暗かった。人影はどこにもない。茜は道の右左を見まわす。やっぱり誰もいない。たんぼの中のかかしが「の」の字の目でにらんでいるだけだ。

まぁ、いいか、神社に行かなくても。口に出して言ってみる。

どこかでカラスが鳴いた。茜をバカにしているように聞こえた。嘘だよ、行くにきまってる。いちおう報告はしておくことにした。

「ベースキャンプ、ベースキャンプ。ただいまよりラクダマウンテンに登頂を開始します」

ついでにいちごキャラメルをひとつぶ口に入れる。よしっ。

登りはじめたとたん、リュックが重くなった。中に食料のビスケットやポテトチップスやチョコレートや着替えや磁石や休憩中に遊ぶためのゲーム機が入っているからだ。月刊ちゃおを入れるのはやめとけばよかったな。

長い階段だった。途中の平らなところでひと休みする。落ちた汗が石づくりの階段に黒いしみをつくったかと思うと、たちまち乾いていく。おお、夏だ。せっかく持ってきたから、ちゃおを何ページか読んで、さらに上をめざした。階段の上にもトリイが立っている。緑の葉のあいだからその色落ちした赤色が見えたとたん、茜の両足は止まった。

いつか澄香ちゃんが言ってた言葉を思い出したのだ。

「あの神社には幽霊が出るんだよ。このへんの子はみんな首吊り（くびつ）神社って呼んでる」

下山する？　戻る勇気も大切だ。「せかいのぼうけんか②」にもそう書いてあった。

あと二十段ぐらいなのに？　ちゃんとかぞえてないけど百段以上登ったはずなのに？

答えはきまった。二十と百、大きいのはどっちでしょう。一年生のさんすうだ。

行こう。幼稚園のこまどり組のときに覚えた歌を歌いながら登ることにした。こんな歌だ。

おばけなんて　ないさ
おばけなんて　うそさ

この歌を覚えてから、茜は一人でトイレに行けるようになった。電気を暗くして寝るのはまだ苦手だけど。忠志おじさんの家では、夜は電気を消して寝なくちゃならない。泰子おばさんが、茜たちが来てからの電気代のことをおじさんに言いつけているのを、母ちゃんが聞いてしまったからだ。ありんこめ。おとなのくせに人に言いつけるなよ。真っ暗い部屋で夜中に目をさましたときがどんなに怖いかわかってるのか。茜はありを踏んづけるように残りの階段を登った。

おとななんて　ないさ
おとななんて　うそさ

階段の上の神社は、大きいけれどぼろぼろで、屋根の上に草が生えていた。奥のほうのふつうの家みたいな建物は窓に板を打ちつけてあって、人が住んでいるようには見えない。広い敷地にもノー・ピープル。おみくじを吊るした柳の木の下には、半分透明のゴミ袋がころがっていた。

早足でいちばんすみっこまで行ってみた。竹をバッテンにした垣根に行く手をさえぎられた。下から五番目のバッテンのすき間から覗いてみたけれど、海どころか、ごちゃごちゃ生えた木と、蜘蛛の巣しか見えなかった。向こうからも誰かがこっちを覗いている、そんな想像をしてしまって首の後ろが冷たくなった。あわてて頭をひっこめる。

残念だな。戻ろう。ほんとに残念。さぁ戻ろう早く戻ろう。早足で階段まで戻りかけたとき、茜は気づいた。

柳の下にあったゴミ袋が、賽銭箱の前に移動していることに。

風で飛ばされたにしてはゴミ袋は中身がつまっているように見えるし、いまはそんなに強い風が吹いているわけでもない。

見ていると、またゴミ袋が動いた。神社の裏側に向かって。ダンゴムシみたいに。茜の足は二本の棒になった。逃げ出したいのに、茜の二本の棒は杭打ちされたみたいに地面からはがれない。

ゴミ、

袋が、

歩いて、

いるっ。

茜の目はびっくりマークの下の黒丸みたいになっていただろう。地面に杭打ちされた両足をけんめいに引きはがして後ずさりした。思わず声が出た。

「ひひっ」

ゴミ袋の動きが止まった。

「見えるの？」

ゴミ、袋が、喋った。

「ぼくのこと、見えるの？」

「だ、
れ？」

茜の声は震えてしまった。足も震えていた。

叫びださなかったのは、その声が子どもの声だったからだ。

よく見るとゴミ袋にはしゃがんだ人のかたちが透けていた。地面すれすれのところにスニーカーをはいた足が見えている。なあんだ。怖がっていたことに気づかれたくなくて、ちょっと怒った声を出した。

「透明人間」

「おどかすな」

「見えるのかぁ」ゴミ袋の中身がため息をついた。「こっちからだと、ぼんやりとしか外が見えないんだけどな」

立ち上がったゴミ袋は、茜と変わらない身長だった。上のほうに小さな穴が二つ空いていて、体をもぞもぞさせて頭を穴のところへもっていこうとしている。そのうちに穴から目玉が覗いた。まつ毛が長い目だ。顔がはっきり透けて見えた。ピーナッツみたいなかたちだった。

「一人で遊んでるの？」

お姉さんぽい声で聞いてみた。背は変わらなくても、こんな子どもっぽい遊びをしているのだから年下だと思って。

「遊んでるんじゃないよ」

「じゃあ、なにをやっているっていうの、あなたは」父ちゃんといっしょに暮らしていたころ、母ちゃんがよく使っていた言葉だ。

「透明人間」

はいはい。わかったから、もっとしっかりして。

「でも、見えてるよ」怖がらずに見れば。Tシャツに書かれた英語も。S、L、O、W、S、T、E、P。意味はわからない。

「そうかぁ」

透けた顔の下からへんがぷくりとふくらんだ。またため息をついたんだと思う。

「家でやんなよ、そんなの」

「家はだめ。お父さんに叱られるから」

「じゃあ、やめな、透明人間」

「ぶたれるのがやだから、透明人間になるんだよ」

「ぶたないから脱ぎな」

茜が言うと、ゴミ袋の中の首を右左に振った。メトロノームみたいに何度も何度も。

やれやれ、子どもだね。ほうっておこう。

振るのをようやくやめた首に聞いた。

「名前は？」

「森島陽太」

「モリ……森……フォレストかぁ」島はなんだっけ。シーといっしょに覚えたはずなのに、忘れた。ゴミ袋の中の目が、君は？　と言っているようにきょろりと動いた。

「佐藤茜」と言ってしまってから、「シュガー」と言い直した。「よろしくフォレスト」

「森島陽太だよ」

聞こえなかったふりをして質問した。

「海はどっち側だろう、フォレスト」

ゴミ袋の中の首が右を向いた。あっちか。さっき覗いたとこと逆だ。

でも、手前に垣根があるのはおんなじだった。すき間から覗いてもなにも見えないのもおなじ。

垣根の手前に柵に囲まれた大きな木があった。柵を越えて、象の足みたいな幹に結んである太い縄に足をかけて、いちばん下の枝によじ登った。風に飛ばされそうな帽子を後ろ前にぎゅっとかぶりなおし、枝を足ではさんでずりずりと先のほうまで進む。

垣根の向こうに空が見える。ずりずりをさらに八回続けると、目の前に山の下の風景が広がった。風が茜の前髪を吹きあげて、おでこが丸出しになった。

見渡すかぎり、緑だった。イネの伸びたたんぼが四角いマス目になって並んでいる。ハンバーグランチのブロッコリーみたく見えるのが雑木林。雑木林の向こうの小さな山々も緑。

どこまで行っても、グリーン、グリーン、グリーン。

がっかりだ。茜には冒険家の行く手をはばむジャングルの緑色に見えた。

「ねぇ、海が見えないよ」

真下に声をかけた。返事はない。神社の庭を見まわした。フォレストの姿はどこにもなかった。

おかしいな。眉のあいだにしわをつくって首をかしげた。首を戻した瞬間、頭の中の記憶の玉がころころところがって、ビンゴの穴にすっぽりはまるみたいに、澄香ちゃんの言葉の続きを思い出した。

「昔、あの神社で首吊り自殺があったんだよ。小学生のだよ。イジメだかなんだかで悩んだ子どもの幽霊が出るんだ」

さっきの本物？

………幽霊？

すげえもん見ちゃった。あとで自慢しよう。強気のせりふを頭に思い浮かべたのは、両足が震えて木から落ちそうになっていたからだ。今夜はどこで寝るにしろ、一人でトイレに行くのはむずかしくなるだろう。

「フォ、フォ、フォ、フォレスト？」

「なに？」

真後ろにいた。いつのまに登ってきたんだ？　意外とすばしっこい。

「海はどこ」

「どこかな。遠くのどこかだよ」

まだゴミ袋をかぶっているみたいだ。がさごそとビニールがこすれる音がした。

「あ、いま波の音が聞こえた」

「たんぼが揺れてる音じゃない？」

「あっちかな、なんか光ってる」

「ため池だと思う」

「あんた、冒険家失格」

「え」

「確かめないうちに、決めつけるのは、冒険家のやることじゃないよ」

「え」

茜はフォレストを振り返った。ゴミ袋を目の上までめくりあげていた。ピーナツにゴマつぶを張りつけたような顔だった。あわててゴミ袋をかぶりなおしているフォレストに言った。

「いっしょに行かない？」

「どこへ？」

「海へ」


「じゃん、けん、ぽん」

ちょきで茜が勝った。

「チ、ヨ、コ、レ、イ、ト」

茜だけ石の階段を六段降りる。フォレストはじゃんけんが弱い。まだ一段も降りていなかった。神社から離れたくないみたいに。しかたがないから、あと出しでパーを出してわざと負けた。

「チョキチョキバサミでもいいよ」ちょきで九歩進める裏ワザを教えてやった。

二回連続でわざと負けると、ようやくフォレストが茜に並んだ。まだゴミ袋をかぶっている。

「もうそれやめな」

フォレストがさがさとビニールの音をさせて首を振った。いつまでも振っていた。ほうっておくとずっとそうしている気がして、茜は腕ぐみをしてそっぽを向いた。すすきの先っぽに止まった赤とんぼに気をとられるふりをして、どっちでもいいんだけどね、という口ぶりで言ってみた。

「まぁいいや。そのままじゃ危険なんだけど」

「危険？」

がさがさがやんだ。

「うん。ゴミ袋はめだつ。ピープルに見つかっちゃうよ」

「ピープルって誰？」

「このへんにいるみんなだよ。子どもを家の中に閉じこめて、生活のことばっかり考えてるんだ」

「こわいね」

「だろ。わたしたちが家出をしたことがピープルにばれると、連れ戻されちゃうよ」

「家出？」

「そう、覚悟はできてるかい、フォレスト」

「うん。でも、家出ってどういうこと？」

「質問は行動のあとだ。いいから、それ脱ぎな」

ようやくフォレストがゴミ袋を脱いだ。前髪がぎざぎざに切られた、きのこみたいなぼさぼさ頭だった。右目にパンチ痣ができていた。ひどく痩せていて、夏なのに色が白かった。きっとゴミ袋ばっかりかぶっているからだ。


階段を降りた茜は磁石を取り出した。銀色でめもりがいっぱいついている磁石だ。昔、父ちゃんが登山をしていたときに使っていたやつ。別に大切にとっておいたわけじゃない。ほんとさ。家を出てったときに忘れていったから、もらっておいただけさ。茜はしゃがみこんで磁石の針をじっと眺めた。フォレストもしゃがんで覗きこんでくる。じつは磁石の使い方はよく知らなかった。冒険の気分をたかめるために持ってきただけ。フォレストに見せびらかしたかっただけ。

「道、わかんないの？」

思わず「うん」と答えそうになって、上くちびるを下の歯で噛んだ。

「道は教えられるものじゃないんだよ、フォレスト。道はつくるもんだ」

「道をつくるのは、ショベルカーだよ」

「ショベルカーって？」

「働くクルマ。すごく大きいんだ。ぼくのお父さんも乗ってた。いまのお父さんじゃない前のお父さんだけど」

フォレストには二人のお父さんがいるのか！　茜には一人の父ちゃんもいなくなってしまったというのに。

「これ、うちの父ちゃんのなんだ」磁石をフォレストの顔の前に近づけた。お。針が揺れた。おお、戻った。「わかった。こっちだ。針に色のついてるほう」

目の前の風景は、いままでと変わらなかった。雲の綿あめが縦長のダブルサイズになったぐらいのものだった。太陽は頭の真上だ。ひどく暑い。英語で言うと、ホット。ホットミルクのホット。脳みそが溶けて煮たってホットミルクになりそうだ。フォレストは耳をすますように首をかたむけてゴミ袋を両手で握りしめたまま歩いている。

「ここは暑いな。いつも暑いの」

「夏だからね」

にぶいやつ。ここの子じゃないの？　どこから来たのって聞いて欲しかったのに。

「わたしがいたところは、こんなに暑くなかった」

「昼だしね」

「君はどこから来たのって聞いてよ」

「どこから来たの」

茜は二カ月前まで住んでいた街の名を答えた。名前を口にするだけで、ホットレモンがお腹じゃなく胸に入ってしまったみたいに、熱く酸っぱくなった。そこにいたときは茜にもお父さんがいたことも忘れずに言っておく。

「ああ、大仏のいるとこだね」

「いないよ」


ピープルやピープルが乗ったクルマが多い広い道をさけて、分かれ道の細いほうに進んだら、坂道になった。両側は竹林だ。

右の竹林のむこうにはお墓が並んでいる。強い風が吹くたびに、竹どうしがぶつかり合うからからという音がする。骨で骨を叩いているような音だ。なぜそう思うのかというと、お墓には骨が埋まっていることを茜が知っているからだ。去年のお葬式のときにも聞いた音だ。長いお箸でぱりぱり煎餅みたいな骨をつまんだとき、茜は怖くて落としてしまって、骨が骨の上にころがったときの音。夜、真っ暗な部屋で目をさますとき、茜はその音を聞くことがある。すぐに母ちゃんの枕もとの目ざまし時計の針が進む音だと気づくのだが、それからは眠れなくなる。

フォレストの白アスパラガスみたいな足には、坂道がつらそうだった。水から出たあひるよりよたよたで、年寄りの犬みたくぜーぜーしている。

「疲れ、たね」

「がんばれ」

「休、もう、か」

「もう少し」

「海、遠いよ。バス、じゃなくちゃ、ムリだよ。なんで歩くの？」

「そこに足があるからだ」

「ねぇ、お腹すかない？」

うっさいな。茜は振り向いて、ひとさし指を拳銃みたいに突きつけて、この時間によく母ちゃんに自分が言われるせりふでフォレストを射撃した。

「朝ごはん食べたでしょ」

フォレストが首を振った。今回は一度だけ。

「食べてない」

「え」ダイエットか。ありんこの泰子に肥満矯正プログラムをやらされてる澄香ちゃんだって、朝はコンフレクを食べてるぞ。かわいそうになって、リュックからビスケットを取り出した。

「食べなよ」

「あ、それはだめ。小麦アレルギーだから」

「ポテチは？」

「うん、平気」

ポテトチップスの袋を渡したとたん、フォレストはすごい勢いで食べはじめた。何日も食べてない野良猫みたいな勢いだった。あんまりおいしそうに食べるから、冒険旅行の大切な食料だから半分残しといてと言えなくなってしまった。袋がぺたんこになったころ、ポテトの粉をくちびるにつけたフォレストが言った。

「茜ちゃんは食べなくていいの？」

「シュガーだ。わたしはいい」腕を組んできっぱりと言った。きっぱり言ったけど、手が袋に伸びた。「三枚ちょうだい」

袋にコップみたいに口をつけて、粉まで食べたフォレストがお腹を叩いた。

「なんだか元気が出てきたみたい」

「よし、出発だ」

「もう少し休もうよ」

「だめだめ。じゃあ歌おう、フォレスト」

「なんで」

「歩くためだよ。朝礼の行進のときとかも、歩こう歩こうって、トトロの歌がかかるじゃない」

「そうだっけ」

「知らないの？」

そういえば、夏休みがはじまる前の一カ月間通ったこっちの小学校で、フォレストを見かけたことはなかった。下のクラスにも上のクラスにもいないけれど、二クラスしかないから、顔ぐらいはわかる。やっぱり見覚えがない。フォレストの顔をじっくり眺める。やっぱり見覚えがない。

「フォレスト、学校はどこ」

「ミネギシ養護学校」

なんだ。学校が違うのか。

おばけなんてないさの歌もフォレストは知らなかったから、結局茜は一人で歌った。フォレストは自分の足ばっかり眺めて歩いてる。ちゃんと右左が交替に前に出ているのか確かめているみたいだった。歩いていると思わなければ、歩くのはつらくないのに。黙っているとまた弱音を吐く気がして、茜はうつむいた首に声をかけた。

「学校を出たら、フォレストはどうするの？」

「え」フォレストが小さな目の長いまつ毛をぱちぱち動かした。「出られるのかな」

「わたしは冒険家になるんだ。フォレストはなにになりたい？」

「うーん」

どうせ透明人間って言う気がした。でも違った。

「運転手」

「ショベルカーの？」

「ショベルカーはダメ。事故で死んじゃうから。ロードローラーがいいな」

おお。ロードローラー。かっこいい。どんなのだか知らないけれど。

「うん、ロードローラーはいいよね」

からからからから。竹林がまた鳴った。


雨はレイン。

雨が降ってきた。ものすごく。道にもレイン。たんぼにもレイン。家の屋根にもレイン。茜とフォレストの頭の上にもレイン、レイン、レイン。

「すごい雨だね」ぼさぼさの髪から雨のしずくをしたたらせてフォレストが言う。

「うん」

二人は屋根つきのお地蔵さんの両側のすき間にもぐりこんでいた。お地蔵さんに聞こえないように茜は言った。

「邪魔だな。放り出そうか、お地蔵」

「やめなよ。バチがあたるよ」

「でも狭いし」

「犬のケージより広いよ」

「ケージ？」

「お父さんとお母さんがいっしょにふとんに入るときには、ぼくはそこに入るんだ」

「大変そうだな」

「慣れれば平気さ」

屋根はあっても、あちこちに穴ぼこが空いているから、雨がてんてん落ちてくる。茜とフォレストとお地蔵さんは、頭の上にゴミ袋を載せていた。

クルマの音が聞こえてきた。茜とフォレストとお地蔵さんはゴミ袋を首の下までかぶった。

次の瞬間クルマが通りすぎて、泥水をはねとばしてきた。ゴミ袋バリヤー成功。この十分間で覚えた必殺技だ。

技が完成する前の泥を頬につけたフォレストが言う。

「ゴミ袋、捨てなくてよかったでしょ」

もう空に綿あめはない。雑巾みたいな雲が倍速再生の速さで空の青を拭きとっていく。もうどのくらいこうしているだろう。暗くなるまでに海にたどり着ければいいんだけど。

茜がそのことを口にすると、お地蔵さんの向こうのフォレストがお告げみたいに言った。

「海に行っても、もう泳げないと思うよ。クラゲがひどいもん」

「クラゲなんてないさ」

「いるよ」

「クラゲなんてうそさ」

「いるってば。ゴミ袋みたいにあちこちに浮かぶんだ」

「ゴミ袋のことはもう忘れなよ。それに泳げなくたっていいんだ」

「じゃあなにするの？」

「海を見る」

「それから」

「海の見えるとこに泊まる」

「ホテル？　子どもは泊めてもらえないよ」

「海の家がある」

「海の家？」

「知らないの。楽しいところだよ。床がゴザになってて水着のまま入れるんだ。テーブルから海が見える。カレーもあるし、ラーメンもおいしい。オレンジジュースもある。カルピスウォーターも」

茜は思い出していた。一度だけ行った海のことを。茜の住む街の海は、泳げない海だから、そのときが生まれて初めてで最後だった。茜を連れて海の奥まで行った父ちゃんが、母ちゃんに叱られてたこととか、母ちゃんがビデオカメラの電源を切り忘れて、みんなの足ばっかり映してたとか、澄香ちゃんと扇風機の前で宇宙人のまねをしたこととか、みんな覚えている。茜はおとなのカレーを全部食べて、父ちゃんのラーメンも何くちかもらった。あんな素敵な場所を茜はほかに知らない。

「浮き輪も借りれるんだ。いか焼きもある。焼きそばも」

ぼく小麦アレルギーだから、焼きそばはだめ、とフォレストが言ったとき、道の向こうから赤い傘が歩いてきた。

赤い傘をさしていたのは、赤い服を着たおばあさんだった。茜たちの前をゆっくりゆっくり通りすぎていった。気づかれていないと思ったら、ゆっくりゆっくり戻ってきた。

「おやまぁ、かわいらしいお地蔵さんだこと」タイヤの空気もれみたいな声でそう言い、茜たちに笑いかけてきた。「傘がないのかい」

笑った口の中には歯がなかった。茜はお地蔵さんの背中に隠れられないかと考えた。何歳ぐらいだろう。百二十歳だと聞かされても驚かなかったと思う。すっかり腰が曲がっていて、骨みたいに痩せている。短い歩幅でこちらに歩いてくるたびに、骨と骨がこすれる音が聞こえる気がして怖かった。

おばあさんはさしているのと別の傘をひじにぶら下げていた。それを突き出してくる。

「これ使うかい」

いいです、だいじょうぶです、小学三年生らしくちゃんとそう言おうと思ったけど、舌がうまく動かなかった。かわりに黙って首を横に振った。まるで幼稚園児だ。フォレストも黙って首を横に振っていた。

「いいんだよ。息子が病院にいるから迎えに行くところなんだけど、今日も退院できるかどうかわからないんだ。やっかいな病気だから」

子ども用の傘だった。黄色くてすごく古びていて骨が飛び出していたが、もちろんお礼を言った。

「ありがとう」

「ありがとう」

「元気でいいねぇ。息子はあんたたちと同じぐらいなんだ」

ゆっくりゆっくり遠くなっていくおばあさんの背中を眺めながらフォレストがつぶやいた。

「何歳なんだろう。おばあさんになってから子どもが生まれたのかな」

なんにもわかってないな、フォレストは。茜はおとなっぽい口調で言った。

「あれはあれなんだよ」

ばぁばとおなじだ。ばぁばも骨になる少し前には、ああいうふうに、昔のことといまのことの区別がつかなくなっていた。見舞いに行った母ちゃんに「おかあさん」って甘えたり、茜のことを母ちゃんの名前で呼んだり。

「たぶん、おばあさんの子どもは、ほんとうはもうとっくに……」

「もうとっくに？」

「とっくにおとなになってるんだよ。そのことを忘れてるんだ。あれだから」

「あれって？」

「病気だよ。なんだっけ。にん……にん……にんちなんとか」

「うんち？」フォレストがうれしそうに言う。すごいギャグを考え出したっていうふうに。こいつ、幼稚園児並みだな。

「あんた、バカ？」

「たぶん。よく言われる」

　フォレストが初めて笑った。

「虹だ」

　茜は雨があがった空を指さした。フォレストが茜の指先をたどってブルーに戻りはじめた空を見上げた。

「どこにも見えないよ」

意外にレーセーだな。確かに見えない。言ってみたかっただけだ。

「知ってる？　フォレスト。虹のたもとを見た人間は、まだ誰もいないんだよ」

「冒険家の言葉？」

「ううん、違う」茜の父ちゃんの言葉だ。父ちゃんは虹のたもとを見ようとして失敗したんだと思う。父ちゃんは、母ちゃんと離婚したあと、酔っぱらいがひどくなって、アパートの階段から落ちて死んだ。

坂を下ると道が広くなって、両側に建物が増えてきた。ここじゃだめだ。もっと見晴らしのいいところに行けば虹が見えるかもしれない。茜は正面の緑の帯に見える細長い林を指さした。

「あっちに行って虹をさがそう」

「海はいいの？」

「虹は海にかかるんだよ」

雨が降ってくるまで、ずっと茜とフォレストの前を歩いていた二人の影は、いまは真横をついてくる。いつのまにか影はずいぶん長くなっていた。

緑の帯が近づくと、かすかな音が聞こえてきた。

ざわざわざわ。

ざわざわざわざわ。

茜は鼻をひくつかせる。波の音に聞こえたのだけれど、海の匂いがしない。茜がよく知っている海はガソリンの匂いがするのだ。

緑の帯に見えた背の低い林の中に入ると、わかめと干し魚をミックスジュースにしたような匂いが強くなった。林の向こうがきらきら光っている。茜は光に向かって駆けだした。

「海だ」

「海だ」

海にはあまり人がいなかった。サーファーをしているピープルが少し。釣りをしているピープルがもっと少し。泳いでいるピープルは、いない。

海はブルーじゃなかった。茜の街の海の灰色でもない。オレンジ色に光っていた。まぶしい。

茜は片手を目の上にあてて波を見つめた。両手で双眼鏡みたく輪っかをつくって空との境目を眺めた。

うん、海だ。

元気だったか、海。

靴と靴下を脱いで海に入った。フォレストも後ろからついてきた。

何度も何度も波を追いかけて走り、同じ回数だけ波に追いかけられて砂浜に戻った。それから傘とゴミ袋で魚とりをした。一匹もつかまらないうちに、海からオレンジ色が消えて、魚臭い見渡すかぎりの濁った水だけが残った。

空も急に暗くなった。暗くなったとたん、タイマー付きの保安灯のように茜の頭に灯（あかり）がともった。現実という名前のその灯が、茜の薄もやみたいな夢と冒険を容赦なく照らし出した。現実の光をまともにあてられたら、それはどれもこれも、役立たずのがらくたのおもちゃだった。

家出はむりだ。一人でどこかに泊まるなんてできっこない。フォレストがいっしょでももちろんおなじ。母ちゃんにお説教の機関銃を食らうだろうけど、やっぱり帰るしかない。

海岸沿いの道を威張り散らしたクラクションを鳴らしてバイクが通りすぎる。ぱらららぱらららら。

その音で思い出したというふうに、フォレストが背筋をぴんと伸ばした。目玉をふくらませて来た道の方向を振り返った。

「帰らなくちゃ。お父さんにぶたれる」

フォレストは震えていた。魚を追っかけてたせいで汗をかいているのに、震えていた。その姿を見たとたん、茜は自分の気持ちとは反対の言葉を口にしてしまった。

「逃げよう、フォレスト」

「どこへ？」

「海の家に行こう」

「どこ？」

茜は右を見て左を見た。もう一度右左を見た。海に行けば必ずあると思っていたのに、どこにも見当たらなかった。

「どうしよう」

フォレストが泣きだした。

「泣くな」

茜も泣きそうだったけど、人に先に泣かれると、涙は不思議と出てこない。

「おい、お前ら」

後ろからいきなり声をかけられた。振り向くと、茜たちの頭のずっと上に、大きな顔があった。色が真っ黒で髭がもじゃもじゃだった。大きなおとなの男。ビッグマンだ。片手に花植え用のシャベル、もう一方の手に懐中電灯を握っている。それが茜たちを脅すナイフと拳銃に見えた。

「そこで何してる」

茜たちはその場で飛び上がって駆けだした。

駆けだしたのはいいが、行き先なんかない。堤防の陰に隠れた。フォレストが首をぶるぶる振りはじめた。まばたきを忘れた目は昆虫のようだった。

茜はビニール袋をかぶって、頭を半分だけ堤防から出して、二つの穴から影法師になったビッグマンのようすを偵察した。小さなシャベルで海岸を掘っている。ときどきしゃがみこんで、何かを腰にさげた網に入れている。貝を拾っているみたいだった。偵察を続けていると、いきなり懐中電灯の光を向けられた。

見つかった。フォレストの手をとって海岸を走った。ひっくりがえしに砂浜に置かれた船を見つけて、その下にもぐりこむ。

フォレストはひざをかかえて昆虫の目で首を振り続けている。ぶつぶつつぶやいていた。やだやだやだ。帰らなくちゃ。帰らなくちゃ。帰らなくちゃ。やだやだやだ。

「しっ」茜がくちびるに指をあてても黙らなかった。

懐中電灯の光が海と砂浜を交互に照らしながら近づいてくる。茜たちを探しているのだ。やだやだやだやだ。帰らなくちゃ。帰らなくちゃ。茜はフォレストの口を押さえた。

体を縮めて隠れている茜たちのすぐ横で光の輪が揺れた。輪が右から左へ飛んだ。フォレストの目が大きくふくらんだ。たぶん茜もおなじ目をしているだろう。

光がもう一度右側を照らしてから通りすぎていった。茜が息を吐いた瞬間、フォレストが指の間から声を漏らした。きいいぃーっ。

「こらっ」

底が天井の船の中を懐中電灯の光が蛇みたいに這う。それからアナコンダ並みのビッグマンの太い腕が伸びてきた。フォレストのTシャツの衿(えり)が大蛇にくわえられた。

やだやだやだやだ。首を振っていたフォレストがいきなり叫んだ。いままで出したことがなかった大きな声で。

「帰りたくないっ」

「だめだ。こんな時間だぞ。子どもは帰れ。もう一人も出てこい」

その恐ろしげな声だけで、衿をつかまれていない茜も外へ引きずり出された。

フォレストをかかえあげたビッグマンの手がとまった。Tシャツが胸までめくれあがった背中を眺めている。

「帰さないで。ぼくたち家出してきたんだ」

懐中電灯がフォレストの背中を照らす。薄暗がりに怒りの声が響いた。

「どうしたんだ、これ？　誰にやられた？」

答えを聞く前にビッグマンがつぶやいた。親か。

「帰りたくない。帰りたくない。帰りたくない」

フォレストを砂浜に下ろすと、茜に聞いてきた。

「お前も帰りたくないのか」

首を横に振りかけてから、縦に少しだけ振った。どうしたいのか、よくわからなかった。

「わかった。とりあえず、俺の家に来い」

ビッグマンが緑の帯の林を指さした。

あんなところに家があるのだろうか。茜はフォレストの腕を引っぱってビッグマンの後を追った。でもすぐに足どりが重くなった。先生の言葉を思い出したのだ。人のいないところには一人では行かないように。知らない人について行ってはいけません。母ちゃんも言う。変な男の人に声をかけられても返事をしないこと。

砂浜の向こうから、女と男のピープルがくっつきあって歩いてくる。だいじょうぶ。ここは人のいないところじゃない。一人でもない。フォレストがいる。茜はフォレストの手をぎゅっと握りしめた。フォレストも握りかえしてきた。話しかけられても、返事をしなければいいんだ。

家はあった。家と呼べるのかどうかはわからないけれど。大きさは茜と母ちゃんのいまの部屋に屋根をのっけたぐらい。しかもその屋根というのがレジャーシートを大きくしたようなやつだ。色はブルー。

ドアもない。ビッグマンはブルーのシートをめくりあげて茜たちを振り向いた。

「入れ」

中は狭いうえにモノがいっぱいだった。壁は全部が棚になっている。そこにいろんな道具やビニール袋や収納ケースやペットボトルや本が詰めこまれている。テレビが二台。ラジオカセットは四台あった。天井にはランプのほかにフライパンや鍋も吊るされている。家全体にこぼした牛乳を拭いた雑巾の臭いがたちこめていた。

ビッグマンはとってきた貝を水がたまった収納ケースの中にどぼどぼと入れる。家のまん中に置かれた小さなコンロにお鍋を置いて火をつけた。

「腹減ってるだろ」

返事はしないこと。茜は上くちびるを下の歯で噛んだ。口のかわりに「ぐぅ」と答えてしまいそうなお腹を押さえた。フォレストが何か言いかけたが、ビッグマンはそれより先に自分の言葉にうんうんとうなずいていた。

「減ってるよな。ラーメンでもつくるか」

「小麦アレルギー」

フォレストが言った。もう首は振っていない。忙しげにまばたきをしてビッグマンの家を見まわしているだけだ。リュックをずっと抱きしめている茜より落ち着いているように見えた。

「え？」

「ぼく小麦アレルギーだから」

ビッグマンは太い指でもじゃもじゃのあご鬚(ひげ)をなでてから、棚の収納ケースのひとつをひっかきまわしはじめた。お蕎麦(そば)の袋を取り出して裏側を眺めてから箱に戻して、別の袋を取り出す。

「ビーフンならだいじょうぶだな。お前はアレルギーはないのか?」

茜に聞いてきた。シイタケアレルギーと言いたかったけれど、返事はしなかった。

お鍋の中にコーラのボトルに入ったコーラじゃないものを注ぐと、ビッグマンは外へ出ていった。しばらくするとネギとしなびた葉っぱ野菜を手にして戻ってきた。「盗(と)ってきたんじゃないぞ。自分の畑があるんだ」早口でそう言いながら、ネギと野菜を鋏(はさみ)で切ってお鍋に入れた。ビーフンという麺も入れる。さっきとってきた貝も放りこんだ。

家の外で猫の鳴き声がした。ビッグマンがちちちっと舌を鳴らすと、白と黒のぶち猫が入ってきた。首輪がない野良猫だけどよく太っている。ビッグマンは決められた仕事をしている手つきで棚からキャットフードの袋を取り出して、惣菜パックに中身をあける。ぶち猫がいきおいよく食べはじめた。お鍋はくつくつと音を立てている。

フォレストが小声で茜に聞いてきた。

「ここが海の家?」

違うよ。

ビッグマンがカップ麺のカラの器にお鍋の中身をすくい入れて、茜とフォレストに突き出してきた。

　ぶち猫に負けないいきおいで食べた。初めて食べる味だった。おいしかった。いまは何を食べても、シイタケ入りのラーメンでも、おいしいと思えただろうけれど。お醤油の匂いが家の中のへんな臭いを消してくれるのもうれしかった。

　また茜のほうに声をかけてきた。「きょうだいか？」

　一秒の何分の一かの素早さで首を振った。

「年はいくつだ」

　上くちびるを噛む。

「小学生だよな。七歳ぐらいか？」

　つい答えてしまった。130センチになった背すじをせいいっぱい伸ばして。

「八歳」

　ビッグマンがフォレストに振り向く。

「お前は？」

　器に顔をつっこんだままフォレストが答えた。

「十二」

「ずいぶん小さいな。ちゃんと食べてるのか」

　フォレストが久しぶりのごちそうだというふうに汁まで飲み干すと、ビッグマンは、うまいだろ、と目を細くして、フォレストの器におかわりをよそった。

「牛乳を飲め。明日買ってきてやる」

ビッグマンは自分は食べないで、お酒を飲みはじめた。ショーチューだ。父ちゃんがいつも飲んでいたのとおなじ臭いだから、すぐにわかった。安いお金で酔っぱらえるお酒。

おかわりをあきらめて茜は身を硬くした。そのうちに父ちゃんみたいにお酒で変身して、大声を出したり、モノを投げつけたり、一人で怒ったりするんじゃないかと思って。ビッグマンは変身しなかった。顔が少し赤くなっただけだ。紙コップにつがれた食後のウーロン茶をのんびり飲んでいるフォレストを見つめて言った。

「酷いな。俺は子どもを持ったことないけどさ。信じられないよ」何杯目かの焼酎を飲み干して髭もじゃの顔をしかめる。「猫だって自分の子はちゃんと育てるのにな」

お前はだいじょうぶなのか。ビッグマンは茜の背中も確かめたがっているようだったけど、首を縦に振ってTシャツのすそをグーにした手で握りしめると、あきらめたらしくまたフォレストに顔を向けた。

「俺、こういう暮らししてるから、市の福祉関係の人間は何人か知ってる。俺が電話したってどうせあれだから、連絡先を教えとくよ。今度なにかあったら、そこに電話しろ。十二歳なら自分で電話できるだろう。わかったな」

フォレストは猫の背中をおそるおそるなぜている。あんまりわかっていないみたいだった。茜は、自分が一人で電話がかけられることを知って欲しくて、こくこくと頷いた。ビッグマンが照れくさそうに狭い家を見まわした。

「泊まっていくか」

茜たちの返事を聞く前に、毛布を投げてきた。

夜中に目をさました。最初は自分がどこで目をさましたのかわからなかった。真っ暗じゃなかったからいつものように叫んだりはしなかった。父ちゃんの骨を落としたときの音も聞こえなかった。

ここがどこなのかは臭いで思い出した。ビッグマンの家は全体が臭うけれど、毛布はとくにひどい。

真っ暗じゃないのは、風を入れるために開けたままにしてあるシートの入り口のむこうが、ぼんやり明るいからだった。

星が出ているのかもしれない。毛布を抜け出して、外へ顔を出してみた。

星は見えなかった。

そのかわり月が出ていた。ビッグマンの家を囲んだ木々の先に、海が見えた。その上に月が出ているのだ。

英語でいうと、月はムーン。今夜の月は、まんまるムーンだ。

茜は靴をはいて海岸へ歩いた。

月の真下の海には、月の光の細い帯ができていた。まるで一本の道みたいに。

想像の中で茜は、その光の道を歩いた。靴を脱ぐ必要はない。海の上を歩ける道なのだ。光の道はあったかくて、ふわふわで、やわらかかった。

そうだ。明日はまた新しい道を歩いてみよう。もっと遠くへ行ってみよう。いまはそう思えた。ほんとうのことを言えば、今朝、家を出たときには、夕方には怖くなって帰るだろうって自分でもわかっていた。

でも帰らずに、ここにいる。

そのことに茜は興奮していた。

誰もいない夜の海岸にひとりでいることを忘れるほど興奮していた。ぜんぜん怖くなかった。初めてひとりで見る海は、茜を包んで、茜を抱きしめて、茜の体に新しい何かを注ぎこんでくれる気がした。月の光みたいな何かだ。

ありがとう、海。お前もがんばれよ。

そっと戻ったつもりだったのに、ビッグマンの家のシートをくぐると、フォレストが声をあげた。

ごめんなさい。ごめんなさい。ごめんなさい。寝言だった。フォレストは眠りながら首を振っていた。茜は、夜中に叫び出したとき、母ちゃんがそうしてくれるように、フォレストの毛布をかけなおして、胸のところをとんとんと叩いてやった。

茜が次に目をさましたのは、大声が聞こえたからだ。夏には厚すぎる毛布をはねのけて、汗びっしょりで飛び起きたとたん、シートの入り口から人の顔が現れた。ビッグマンじゃない。髭がなく、眼鏡をかけていた。紺色の帽子をかぶっている。水色の制服を着ていた。警官だ。

「君たち、もうだいじょうぶだよ」

家の外ではビッグマンがもう一人の警官とつかみ合いをしていた。

「なんにもしてないよ。誤解だって言ってるだろ」

「おらぁ、おとなしくしろ、この野郎。公務執行妨害もつけっぞ」

昨日、あんなに大きかったビッグマンは、朝になったら小さくなっていた。背は警官より低かった。

二人の大人がつかみ合いをしているむこうに海が見えた。今日の海は、夜の月の海とは別人だった。鏡になって空のブルーを映したように青かった。昨日のことは忘れたって顔をしていた。茜の目に昨日からずっと我慢していた涙があふれてきた。

「怪我（けが）はないかい」

警官が茜を抱き上げようとした。胸の前で腕をバッテンにしてその手から逃げた。警官にむかって叫んだ。

「違うよ」

フォレストも叫んでいた。「違う。やめて」

その人は悪い人じゃない。わたしたちを泊めてくれたんだ。フォレストを家に帰したらだめだ。そう叫んだのに、小学三年生の、身長130センチしかない茜の涙声は、興奮した警官たちには届かなかった。

両手を後ろにまわされたビッグマンが、髭の中の口を赤く開けて声を張りあげた。

「その子の背中を見てみろ。お前ら、取り締まる人間を間違えてる」

「やめて。違う。やめて。違う。やめて。違う」

フォレストは壊れた人形みたいに首を振り続けている。茜はフォレストの腕をとった。だいじょうぶ、と言うかわりに。だいじょうぶ。フォレストは馬鹿じゃない。フォレストは悪くない。フォレストにもきっとフォレストの道がある。

震えているフォレストの手を握り締めた。ビッグマンが手のひらに書いてくれた、フクシの連絡先が消えないようにそっと。

茜も書いてもらった。帰ったら、すぐに電話できるように。

森島君を助けてください。神社の近くの家です。いたずらじゃありません。嘘じゃありません。子どもは嘘をつきません。たまにしか。おとなより。

ぎゅっと目をつぶって、唇を四角に開けて、ありったけの声をあげた。

「その人は、悪くない。わたしたち、なにもしていない」

茜の心はこんなにも心配でたまらないのに、悲しいのに、怒っているのに、今日も、空は、なんにも知らない顔をしたいつものスカイ。海は馬鹿みたいにブルー。

時のない時計

止まってしまった時計をはめて、私は自宅近くの商店街を歩いている。角張った楕円(だえん)の中に円形の文字盤が埋まった、分厚く大ぶりな腕時計だ。ベルトは金属メッシュ。ふだんは小さめの革ベルト付きを使っている私には、やけに重く感じる。

時計の電池交換やベルトのつけ替えは、いつも駅前のスーパーマーケットで済ませているのだが、DIY用品売場の片隅のその店では、修理は無理だと言われた。

「これ、かなり昔のですよね。故障個所(かしょ)がどこにしても交換する部品がないと思いますよ。こういうレトロなタイプがよろしければ、こちらなどどうです」

そうはいかない。この時計は、二カ月前に死んだ父親のものだ。

兄夫婦との二世帯住宅の一階で一人きりになってしまった母親が、用事らしい用事もないのに頻繁に電話を寄こしてくるから、四十九日が終わった翌週、電車で一時間ちょっとの距離の実家へ様子を見に行った。その時に渡されたのだ。「ねぇ、これ、貰ってくれない？」

携帯電話が時計がわりの息子や娘と違って、私は外へ出る時に腕時計がないと落ち着かない世代だ。だが、その私にさえ、父の時計は、時代遅れの無用の品に思えた。そもそも針が動いていない。

「こういうの、使わないからなぁ」

いったんは断ったのだが、母は引き下がらなかった。私の母の疑問符つきの問いかけは、たいていの場合、断定と同じだ。

「形見分けよ。お父さんの分身だと思ってさ。いい時計のはず。お父さん、けっこうおしゃれだったから」

いい時計。情けないが、その言葉に心が動いた。文字盤に刻まれているのは、ブランドに興味のない私でも、いちおうは知っている海外のメーカーの名だった。もしかしたら、骨董的な価値のある品かもしれない、と思ってしまったのだ。

私鉄の駅前から続く商店街は、古びた小さな個人商店ばかりだが、店舗の数と長さは界隈では有名で、端から端まで歩けば、暮らしに必要なたいていのものが揃えられる。

めざす店はアーケードを抜けた先、商店街のはずれ近くにあった。

『鈴宝堂』

浮き出し文字の金色が剝げかかった看板も、戸口の周囲だけ煉瓦（れんが）で縁取りした造りも、昔ながらの店構えが並ぶ中でも、とりわけ古めかしかった。ここに時計屋があることは以前から知っていたが、入るのは初めてだ。

数秒間戸口に立ちすくんでから、自動ドアではないことに気づいて、引き戸に手をかける。

ペルシャ絨毯みたいな壁紙の模様。何十年も前にはおしゃれだったのだろう、白い木枠にガラスをはめこんだ陳列ケース。引き戸の先の店内も、ずいぶん昔に時を止めてしまったかのようだ。間口いっぱいのガラス戸から射しこんでいる西日が、老女の厚化粧をあばき立てているふうに見えた。壁のひと隅に貼られた時計メーカーのポスターの中では、いまは三十路を過ぎた女優が、ティーンエイジャーの頃の丸い頬にえくぼをつくっている。

当たり前だが、狭い店内は時計であふれていた。正面の壁には振り子時計が並び、てんでんばらばらに振り子を揺らして、不揃いな音を響かせている。

ちっちっちっちっちっ。

かちこちかちこち。

てぃんくてぃんくてぃんく。

針が指しているのは、いま現在の時刻だ。時計によって微妙にずれているが、三時五十分前後。

右手は全面がガラスケースで、上方には壁掛け時計が、棚になった下方には置き時計が並んでいる。こちらは、どれもが売り物の時計の定石どおり十時九分あたりで針が止められている。時計という時計がいっせいに、私の来訪に眉を吊り上げているように見えた。

左手のカウンター兼用のガラスケースの中には、腕時計と、本気で売る熱意を感じられない量の革ベルト。

どれもそれなりに新しい製品なのだろうが、この店に置かれていると、ひと時代前のアンティークに見えてしまう。

カウンターの向こうに白髪頭が見えた。小さな机の前で背中を丸めている。

ほんとうに小さく狭い机だった。普通の事務用デスクの半分もないだろう天板の上に、これまた小さな道具箱を置いている。残ったランチョンマットほどのスペースに、ピンセットや耳搔きみたいなドライバーや刃先の細いカッターが並び、手術道具のように鈍い光を放っていた。工具まで小さい。何もかもが小さかった。

「すみません」

白髪頭が振り返った。作業用の単眼鏡が睨んでくる。単眼鏡は目の窪（くぼ）みにはめこむタイプだから、顔の片側だけしかめ面になっている。八十九で死んだ父親とさほど変わらない齢（とし）に見える老人だった。

「修理をお願いしたいのですが」

時計屋が立ち上がる。座っている時には大柄に見えたが、立つと案外に背は低い。これも父親と似ていた。骨格がしっかりしていて、焼いた骨が骨壺に入りきらなくなる世代だ。

私が腕時計を手渡すと、「お」とも「う」ともつかない嘆声をあげた。はめっぱなしだった単眼鏡が左目から落ちる。てのひらを皿にして器用にそれを受け止めていた。

「いやぁ、これは古い時計だなぁ」

母親が言っていた。「買ったのは、あんたが高校生の頃じゃないかな」

ということは、もう四十年前だ。その人がどんな人間だったかは、亡くなってからわかることもあるようだ。父がおしゃれで、身につけるものに金をかけていた、ということも初めて知った。

母は、私に時計を、私より父に体型が似ている兄には、やはり同じ頃に買ったコートを形見分けすると言っていた。

「銀座の洋服屋で仕立てたコートだよ。月々のお給料の半分はしたと思うよ」

本当かよ。信じられない。

父はサラリーマンだった。一度転職しているが、勤めていたのはどちらも、大きくも小さくもなく、世間に名を知られているわけでもない会社だ。

息子の目から見ても、平凡なサラリーマンそのものの人だった。この世代の人間は往々にしてそうだが、自分のことをぺらぺら喋るのが恥だと思っている無口な人で、会社で何をしているのかは、定年退職する最後までわからなかった。大学の法学部を卒業してすぐに勤めはじめた最初の会社も、転職した二度目の会社も、同じ自動車部品メーカーで、結局、どちらでも経理の仕事をしていた、ということだけは聞いている。

仕事は忙しかったようで、帰りは毎晩遅かった。休日はいつもゴロ寝。一緒に遊びに出かけた記憶はほとんどない。サラリーマン時代の父の姿といえば、私には背広姿とステテコ姿しか思い浮かばなかった。

給料もごく平凡だったはずだ。兄も私も大学まで行かせてもらったのだから、文句を言う筋合いではないかもしれないが、兄が大学に入り、私が受験を控えていた高校時代は、弁当の中から、中学生の時にはちょくちょく入っていた肉が消え、ちくわや魚肉ソーセージがおかずになった。すき焼きは豚肉。母はパートで働きはじめ、映りが悪くなったテレビを買い換えずに見続けた。うちはいま大変なんだな、と子どもにもわかった。

そんな頃に高級時計？　オーダーメイドのコート？

葬式の時に「あんないい人はいなかった」と泣いた母は、日が経つにつれて冷静に、現実的になり、父親に対する愚痴をこぼし、私たちの知らなかったエピソードを披露するようになった。私だってけっこう苦労したんだよ、と訴えるように。

「お父さん、見栄っ張りだったから。自分の着るものにはぱあっとお金をつかっちゃうの。私はいつもバーゲン品だったのに」

大人になると、自分の親を客観視できるようになるものだ。けっして特別な存在だったわけではなく、良くも悪くも普通の人間だったのだな、と思える。とりわけ記憶のときどきの親の年齢を自分が追い越してしまえば。

だが、それにしても。

ちくわと魚肉ソーセージばかりの弁当を食わされた身には、なんだか割りに合わない気がした。毎晩帰りが遅かったのも、母に言わせれば、「どこで何をしていたのやら。全部仕事だったわけじゃないんだよ」だそうだ。

時計屋の嘆声に気を良くした私は、鼻の穴をふくらませて、言わなくてもいいせりふを口にした。

「悪いものではないと聞きました」

返ってきたのは、苦笑いだった。痩せているわりに太い指で文字盤のメーカー名を撫ぜて、診察の結果を告げる医師のように言う。

「当時は高級っていえば高級だったんだろうけど。まぁ、ミーハー時計だね。スイス製ってことになってますがね、実際は、ブラジルの工場でつくってたんだ」

使っていたのがどんな人間かは、時計を見ればわかる、とでも言いたげだった。死んだ後も、息子の私にも、わからないのに。時計に対する知識と愛情は豊富だが、人への接し方は下手な人であるようだ。私が気分を害していることには気づいていない。

「父の形見なんです」

針をしこんだ私の言葉にも悪びれるふうもなく、「ああ、それはそれは」と言っただけだ。

とはいえ四十年前の機械式時計は、彼の職人魂のネジを巻き上げたようだった。作業机に父の時計を持っていき、万年筆のペン先がヘラになったような工具で蓋を開ける。私はカウンター越しに作業を覗きこんだ。時計の中では大小の歯車が幾何学模様を描いていた。ミニチュアの工場のようだった。

単眼鏡をはめこんだ横顔の皺が深くなる。

私は訊いた。「直りますか」

私の顔を見ず、時計に話しかけるように答えてきた。

「ああ、ここのネジがおしゃかになっちまったんだな。ちょっと待ってください。うちに同じタイプのネジが残ってるかもしれない」

頼もしい言葉。愛想のなさが急に、職人的美徳に思えてきた。

時計屋が振り子時計の壁の左手に消えた。奥が住居になっているようだ。ドアのない出入り口にはビーズの暖簾が下がっている。こいつもそうとうの年代物。奥さんの趣味なのか、ビーズは桜貝のかたちをしているが、すっかり色褪（いろあ）せて、桜色というより灰色になっていた。

作業机の先の壁にも時計が並べてある。大きさも種類もさまざまで、どれもこれも時代がかったものばかり。ここだけ見ればアンティークショップのようだった。

こちらの壁の真ん中には、柱時計。赤茶色で、縁が浮かし彫りで飾られている大きな時計だ。下半分、振り子のところにはガラスがはめられ、『鈴宝堂』という金文字が横書きされていた。

柱時計の隣に、天辺（てっぺん）に木彫の鹿の頭が飛び出した、凝ったデザインの壁掛け時計。その下には置き時計がいくつか。

値札はつけられていない。店の由緒を示すディスプレイなのか、店主の個人的なコレクションなのか。特別貴重な品とも思えないが、どの時計もきちんと手入れをされていて、木も金具も、ガラスやプラスチックも、古いなりに艶やかに光っている。正面の振り子時計が埃をかぶっているのとは大違いだ。

桜貝の暖簾が揺れ、時計屋が戻ってきた。てのひらを皿にしているのは、ここからは目に見えないが、小さな部品を載せているためだろう。部品を落とさない用心のためか、足が悪いだけなのか、ゆっくりとした足どりだった。

「たぶん、こいつをつけ替えれば動くと思いますが、あちこち傷んでるから、点検と調整もしなくては。少し時間がかかるけど、いいですかね」

私は頷いた。時間はたっぷりあった。今日は平日で私は失業中だ。

作業机には別の時計が置かれていたが、時計屋はそれを脇にどけた。私のほうを優先してくれるらしい。

裸になった父の腕時計は、ベルトもはずされ、万力のミニチュアのような器具で固定された。時計屋は私を待たせていることなど気にもとめずに、スローモーションフィルムのようにのんびりと手を動かす。

小さなドライバーを使ってネジをはずし、ひと息つき、それからピンセットの先端近くを握って交換用のゴマ粒のようなネジをつまみ上げ……

かかる時間は「少し」どころじゃないかもしれない。どこかで時間潰しをとも考えたが、行く先をまるで思いつけなかった。来客用の椅子などないから、私はぼんやり突っ立って時計屋の仕事を眺め続ける。

「うん、だいじょうぶ、このネジだ」

時計に目を向けたままだったが、いちおう私に声をかけたのだと思う。父の時計は直るらしい。

「あとは軽く分解掃除をしておきましょう」

時計屋が新しい工具を手に取った。

何十年も繰り返してきた作業なのだろう。緩慢ではあるが、無駄のない手つきだった。几帳面(きちょうめん)に並べられた工具の配置は体が覚えているらしく、手探りだけで持ち替えていた。五百円玉と大差のない円形の中の、微細な歯車やらネジやらを相手に、不器用そうに見える太い指を繊細に動かし続けた。

ひとつひとつが恐ろしく細かな手作業なのに、あの年齢でたいしたものだ。私には真似できそうにない。私の仕事は——仕事だったのは、広告代理店の営業だ。

時計屋に話しかけてみたかったが、デリケートな作業をしているさなかに、気を散らしていいものかどうかわからなかった。私に声をかけてきた時も、息で部品が飛ばない用心をしているかのようなこもり声だった。手にはいま小型のキリが握られ、いちばん小さな歯車を磨いている。

いきなり右手で音がした。

〝はぽ〟

「おうっ」

思わず声をあげてしまった。正面の壁の振り子時計のひとつから鳩が飛び出したのだ。

はぽ。はぽ。はぽ。

午後四時だ。時計屋が小さく笑った。

「鳩時計、珍しいですか。いまでも欲しいってお客さんがたまにいるもんでね」

「いえ、昔、自分の家にもありました」

　確か、私が小学生の頃だ。

　私は鳩時計が好きになれなかった。人の迷惑をかえりみない、甲高い声の騒々しいやつ、としか思えなかった。つくりものの黒く丸い目が不気味だ。突然の音が心臓に刺さる。昼間のうちはまだいい。夜には聞きたくない声だった。

　子どもだって眠れない夜もある。真夜中にあの声を聞き、鳴く数をかぞえてしまうと、ますます眠れなくなった。宿題やテスト勉強を遅くまでやっている時には、残酷なカウントダウンになった。

　広い家なら問題はなかったのだろうが、当時、私たちが住んでいたのは、父親が勤める会社の社宅で、居間のほかに部屋は二つ。私と兄が共同で使っていた六畳間は、鳩時計を置いた居間のすぐ隣。薄い壁のむこうで一時間おきに鳩が鳴く。父と母が鳩時計を買ったのは、狭苦しい仮住まいの居間を、豪華なリビングルームだと錯覚したかったからかもしれない。

　たぶん、父と母も辟易（へきえき）していたのだと思う。四十三にしてマイホームを手に入れた父は、引っ越し荷物を整理している時にこう言った。当時の私には嬉しい出来事だったから、いまでも覚えている。

「鳩時計は、社宅の誰かにくれてやろう」

　時計屋が自分のすぐ右手の壁掛け時計に目を走らせて言う。

「こっちのはドイツ製で、鳩じゃなくて、郭公が出てくるんです。そもそも鳩時計というものは、元祖のドイツでは郭公時計なんですよ。日本じゃ、ほら、郭公を閑古鳥とも言うでしょ。それじゃあ縁起が悪いってことで、鳩になったわけでね」

　鹿の首が生えた壁掛け時計には、確かに振り子だけでなく、昔、我が家にあった鳩時計と同じような、松ぼっくりのかたちの重りが垂れ下がっていた。

「五十五年前のものです。女房と結婚した時に手に入れましてね」

　こいつも飛び出すか、と身構えていたが、よく見たら、こちらは振り子が動いていない。二時ぴったりで針が止まっていた。

　時計屋は見かけによらず饒舌だった。時計のことに関してだけかもしれないが。声がこもりがちなのは高齢のためのようだ。話しかけても問題はないらしいとわかって、尋ねてみた。

「このお店、ずいぶん昔からここにあるみたいですね」

「ええ、まぁ」

「もしかして、戦前から？」

そう訊いてみたのは、柱時計に入っている鈴宝堂という文字が右から左に書かれていたからだ。時計屋は私の言葉を払い落とすように、空いている片手を振る。

「とんでもない」

「ですよね」いくらなんでもそれはないか。

「親父の代から時計屋をやっていましたけど、空襲で焼かれちまって。ここに移ってきて、店を始めたのは私です。昭和三十四年でした」

言われてみれば、柱時計の赤茶色のところどころにある黒ずみが、焼け焦げ痕に見えなくもない。どちらにしても古い店であることは確かだった。

昭和三十四年。私が生まれていくらも経たない頃だ。一度や二度は改装しているのだろうが、建物自体は変わっていない気がする。幼児だった私が写っている、白黒写真のアルバムの中でお目にかかるような佇まいだ。

カメラは父の唯一の趣味で、私と兄は、当時の子どもにしては珍しくたくさんの写真の被写体になっている。使っていたカメラは、オリンパス。あの頃は、どこの家にもある何の変哲もない機種だと思っていたが、あのカメラもじつは高価だったのだろうか。

時計屋は小さな小さな作業に戻っていたが、私はなにしろ暇で、時計の蘊蓄でもいいから会話を続けたかった。

「それ、ディズニー時計ですよね」

鹿の時計の真下にある、箱型の置き時計のことだ。文字盤の中で白雪姫が二人の小人と踊っている。

全体は明るい赤色。長方形の文字盤の全面をガラスが覆っていて、周囲の黄色の縁取りに赤い星が並んでいる。宝石箱に二つの針をつけたような時計だった。

夏休みのたびに出かけていた千葉の親戚の、従姉（いとこ）の部屋に置いてあったからよく覚えている。私も従姉も小学生だった頃の時計だ。みんなで泳いだ千葉の海には、ベルト付きのボクサーパンツみたいな海パンを穿いた父の姿もあったはずだから、その頃にはまだ、一緒に出かけていたのだろう。

「懐かしいな」従姉の久美（くみ）ちゃんはじつは私の初恋の相手だ。

時計屋が作業から顔をあげて呟いた。

「これは娘が生まれた時の記念の品なんです」

時計に注ぐ横顔が好々爺（こうこうや）そのものになった気がした。

「四時四十七分。それ午前四時なんですよ」

「は」

「難産でしたから、明け方までかかってしまってね」

なるほど。

「娘さんが生まれた時刻をここに記録しているってことですか」

時計屋がかすかに頷く。

私は何時何分に生まれたのだろう。親に訊いたことはない。なんだか照れくさくて。自分の親から自分が生まれたなんて、子どもは想像したくないものだ。もう父がいないから、照れくささも半分になった。一度訊いてみようか。

そう言えば私が覚えている、劇場で観た初めての映画は、ディズニーのアニメだった。『101匹わんちゃん大行進』。あの時も確か、父はおらず、母と兄と私、三人だったと思う。

父と映画に出かけた記憶は、ただの一度だけ。私が小学四年か五年の時だ。『007』シリーズの、日本が舞台になったもの。父親がいたのは、たぶん自分も観たかったからだと思う。

確かに父はおしゃれだったかもしれない。隣町の映画館へ行くのに、わざわざスーツを着こんでいた。映画のストーリーはきれいさっぱり忘れているのに、そのことを覚えているのは、映画の後のお楽しみだった、デパートの食堂で食事をした時の記憶が鮮明だからだ。

父はビーフシチューを注文した。慣れているふりをしていたけれど、たぶん初めてだったのだろう、シチュー鍋が熱せられていると知らずに手にとって、取り落としてしまい、ライトグレーのスーツをさんざんに汚した。私と兄は「ウンコたれだ」と囃（はや）し立て、母には帰り道のあいだじゅう小言を言われていた。「よく知らないのなら、頼まなきゃいいのに」

確かに、見栄っ張りだ。

覚えている理由は、もうひとつある。なぜかこの日の写真も残っているからだ。母と兄と私が、映画を観終え、街角ですまし顔をしている写真。父の死んだ翌日、遺影にする写真を探すためにアルバムをめくっていた時も、兄貴が懐かしそうに言っていた。

「おお、これ、親父がビーフシチューをひっくり返した日だな。いまでも笑えるよ、あの時のあわてっぷり。『007は二度死ぬ』を観た後だ」

年に数回、休火山が爆発するように父は怒り出し、私たちのどちらか、あるいは二人ともに雷を落とすことがあった。たいていが理不尽と思える理由で。そんな時、兄は、あの日の父の狼狽ぶりを頭の中に思い描いて、耐えていたそうだ。

お若い頃の写真でも構いません。最近はそうされるお宅も多いですよ。葬儀社のスタッフにはそう言われていたから、もしこの日の父の写真があれば、私たち兄弟は迷わず遺影にそれを選んでいただろう。

ディズニー時計の隣の置き時計も懐かしかった。

ピンク色の長方形で、窓の中には文字盤ではなく、数字が書かれた薄い板が三つ並んでいる。

パタパタ時計だ。

いちばん右側の板が一分ごと、真ん中が十分ごと、左側が一時間ごとに回転して、時を告げる。ひと昔前の駅や空港の時刻表示板を、置き時計にしたようなしろものだ。妙な言い方だが、デジタル時計のアナログ版。これが出た当時は、針の時計とはひと味違う、新時代の製品に思えたものだ。ほどなく本物のデジタル時計にあっさり取って代わられたが。パタパタとプラスチックの板が動くから「パタパタ時計」。

高校生の頃には、私も自分の部屋で使っていた。父のお下がりだった。

マイホームを手に入れた代償に、父の通勤時間は片道二時間になってしまい、母より早く起きることも多かったから、両親は別々の目覚まし時計を使っていたのだ。勤務先が変わり、不要になったとかで「何度起こしても起きやしない」と母に叱られてばかりいた私が使うことになったと記憶している。そうか、私が父の時計を譲られたのは、二度目だ。

「それも懐かしいな。パタパタ時計ですよね」

「ああ、フリップ時計ね。それは女房が使っていたやつです。うちには時計だけは腐るほどあるのに、ずっとそればかり使っていてね。ああ、まだ動かせば動きますけど」

彼にとって、時計のコレクションは、家族のアルバムのようなものらしい。時計屋という職業だからこそ可能な贅沢なアルバムだ。

ふいに気づいた。

父と出かけた記憶があまりないのは、我が家のアルバムに父と一緒に写った写真が少ないからだ。少ないはずだ。父はいつもカメラを構えていたのだから。

「じゃあ、これは、お孫さんの生まれた日の記念じゃないですか」

骨董品の陳列コーナーのような品々の中では比較的新しい、アニメの美少女戦士が描かれた目覚まし時計を指さして言ってみた。うちの娘も幼い頃に欲しがったものだ。その娘も、来年の春、結婚する。

図星だろうと思ったのだが、返事がない。時計屋は手押し式のチリ吹きで時計の中の目には見えない埃を払っていた。

「申しわけない。お仕事中にべらべら喋ってしまって」

時計屋がようやく手を止めた。

「いえ、それも娘のです」

結婚して何年かのうちに生まれたのだとしたら、娘さんは五十過ぎのはずだ。別に大人が子ども用の時計を使っちゃいけないことはないが。

時計屋がチリ吹きの空気袋を押し、腕時計に小さな風を吹きつける。ため息をつくように。

「娘はいくつになっても子どものままでね。出産が長引いたせいで、脳にいく酸素が足りなくなったようなのです。まぁ、それで、ちょいとばかり、知的障害がありまして」

重くなってしまった空気を振り払うつもりで、私は愚鈍な男を装って尋ねる。

「なんの記念日なんですか」

時計の針は、八時三十七分で止められている。成人式？　いや、成人式はないか。時計に描かれた美少女戦士は、私の娘が小学校にあがるかあがらないかの頃のアニメだから、いまから二十年ほど前の品のはずだ。

時計屋が父の腕時計を単眼鏡で見下ろしたまま、ぽとりと言葉を落とした。

「亡くなった時の時間です」

はぽ。

胸から鳩が飛び出した。

「障害は脳だけじゃなかったんです。生まれた最初から、長生きはできないって言われてました」

作業机で背を丸めながら喋っていたから、私にではなく、時計の中の小さな歯車に語りかけているかのようだった。

「生まれた時間を記憶するのなら、亡くなった時間も、覚えておかなくちゃね」

てんでんばらばらな振り子時計の音が、急に耳に戻ってきた。

ちっちっちっちっ。

かちこちかちこち。

てぃんくてぃんくてぃんく。

時計屋が小さな作業机から立ち上がり、ディズニー時計を手に取った。答える言葉を思いつけない私に、時計の蘊蓄を披露する口調で語りかけてきた。

「ほら、こうして、時計の針を巻き戻せば、生まれる前に時間を戻せる」

ディズニー時計の裏側のつまみを回しはじめた。午前四時が、午前三時になり、二時になり、十二時に逆回りし、九時になったところで針を止めた。

「出産が長引くとわかった時、医者に言われたんです。『念のために帝王切開にしましょうか』と」

ディズニー時計の中の白雪姫の、永遠の笑顔を眺めながら、言葉を続けた。

「腹を傷つけるなんてやめてくれ。私、そう言ったんです。なんであんなこと言ってしまったんだろう。後から思えば、なんでもないことだったのに。女房は八つ年下で、私がいうのも何ですが、きれいな女でした。高級時計を手にしていた気分だったんでしょうね。ほら、いい時計は小さな傷ひとつでだいなしになりますから」

ただ黙って聞いていた。時計屋も私の返事は期待していないようだった。彼が話しかけているのは、たぶん、私ではないだろう。

私はパタパタ時計に目を向ける。奥にいると思っていた彼の奥さんと顔を合わせるように。表示されているのは、六時を少し過ぎた時刻だ。

作業机に戻り、歯磨きみたいなブラシで時計の裏側をこすりはじめた時計屋が、私がいることを思い出したようにぽつりと呟いた。

「女房はまだ生きています。たぶんね。フリップ時計に残してあるのは、ここを出て行った時刻です」

六時十七分。午前だろうか午後だろうか。

彼が夕方、外出から戻ったら奥さんがいなくなっていた。あるいは、朝起きたら奥さんの姿が消えていた。外へ出ていたのは奥さんのほうで、時計屋に別れを告げる電話をかけてきた時刻かもしれない。

どちらにしても、娘さんが亡くなった直後である気がした。

パタパタ時計は、逆回しができなかったはずだ。一分前に戻すためには、二十三時間五十九分ぶんを動かさなくてはならない。それでも彼はこの時計の時も巻き戻すのだろうか。

六時十七分の前に何か違う行動を取れば、別の言葉をかければ、奥さんが出て行かなかったかもしれないと夢想して。

「さて、終わりました」

時計屋が父の時計を手にして振り向いた。

「すみませんでしたね、こっちの仕事を先にやってもらっちゃって」

私が入ってきた時に修理していたのは、懐中時計だ。

「いや、これはお客さんのものじゃないのでね」

懐中時計の針は、柱時計と同じ十二時三十分すぎで止まっていた。

「ときどき取り出して、面倒を見てやらないと、本当に動かなくなっちまう。止めてあるのと、動かないのとでは大違いですから」

さっさと立ち去りたかったのだが、時計屋は、父の時計を人質にして、話をやめようとしない。

「これは私の親父が持っていたものです。空襲で亡くなりました。上の姉と一緒に。店も家も焼夷弾（しょういだん）にやられちまって」


ちっちっちっちっ。

かちこちかちこち。

てぃんくてぃんくてぃんく。


「うちの親父も時計屋でね、ああ、これはさっき話しましたっけ。私は学徒動員で軍需工場に行っていて助かったんです。家へ帰ったら、もう何もかもが燃えてしまっていて。

焼け跡のあちこちで時計がどれも勝手な時間を刻んでるんです。空襲の時間に止まっちまったやつ、運良く動き続けているやつ、途中で力尽きた針、分針だけがぐるぐるとんでもない速さで回り続けているのもあった。その時ですよ。私が気づいたのは。時計が刻む時間はひとつじゃない。この世にはいろいろな別々の時間があるってね。おかしいですかね」

私には曖昧に返事をすることしかできなかった。

「ああ……いえ、まぁ」

請求された代金は、一万八千円。時計修理の相場は知らないが、あまりな金額に思えた。失業中の私には痛い出費だ。使うあてがあった時計じゃない。いくらかかるか、最初に教えてくれれば良かったのに。

だが、財布にはぎりぎり支払えるだけの金が入っている。父の形見だと鼻息を荒くしていた私は、払わないわけにはいかなかった。

舐められたくない、という気持ちもあった。私が失業中であることをこの老人が知っているはずもないのに。

金を差し出した時に思い出した。

父がこの時計を買い、私の弁当がちくわと魚肉ソーセージになったのは、ちょうど父親が転職した頃だったことを。

新しい会社では、高い給料が貰えると皮算用していたのか、それとも新しい職場で舐められたくなかったのか。

あるいは経理ではない仕事ができると思って浮かれたのか。

法学部で弁護士をめざしていた父は、在学中に戦争へ行った。戦争が終わり、大学に復学したとたん、すべての法律が変わってしまった。平凡な会社の経理課長であり続けることに、満足していたわけではない父の心は、手の中に握りこめるほどありありとわかる。息子として。同じ男として。

だが、もう話を聞く機会はない。生きていたとしても、自分のことを話すのが嫌いな父は、答えなかったに違いないが。

「時計の針を巻き戻したいって思うことは、誰にでもあるでしょう」

私が答えるまで帰さない、という口調で時計屋が言う。今度は釣り銭を人質にされた。

誰かに話したかったのだろう。あるいは修理を待つ人間に、きっかけさえあれば、語り聞かせている話なのかもしれない。きっと話さずにはいられないのだ。自分の後悔を。自分には別の人生があったことを。

「あなたにだって、あるんじゃないですか」

時計屋が、自分の小さな世界に誘いこもうとするような笑顔を見せた。

あると言えば、まさにいまがそうだった。

二カ月前に仕事を辞めたのは、定年を三年後に控えた私に、会社が突然異動を命じたからだ。私の会社の場合、夏場の異動は、通常はありえないことだ。入社以来、ずっと営業畑だった私に、庶務課へ行けと言う。

思いあたる節はおおありだった。私は新任の年下の局長としばしば対立していた。まだ四十代の彼が、古いつきあいのクライアントをないがしろにし、私には危ない取り引き相手に見える、ベンチャー企業にばかりプレゼンをしかけようとするからだ。上層部の覚えがめでたい局長は、煙たい私を目の前から消したかったのだろう。

どうせあと三年だ。我慢することも考えた。娘の結婚式の時に、無職であるかもしれないことも躊躇する理由になった。

だが、正式に異動が通達された翌日、何度も夢想したとおりに、局長のデスクに辞表を叩きつけた。妻には「意地っ張り」と言われた。意地っ張りというより、親父譲りの見栄っ張りなだけかもしれない。

あれで良かったのかどうか、この齢でのまともな再就職が絶望的な状況であることを知ってしまった、いまの私の心は揺れている。情けないことに最近では、退職届を出さず、おとなしく庶務課に勤務している自分を夢想することもある。

少し考えてから、私は時計屋に答えた。

「いえ、ありません」

それでも時計の針は前へ進むためにある。父から貰ったパタパタ時計のように。

「ふぅーん」

私の言葉を鼻息で吹き飛ばし、作業机に戻りかけた時計屋が振り返った。唇の片側を意地悪げにひん曲げて言う。

「ひとつ言ってもいいですかね」

「はい」

「その時計は、偽物ですよ」

やはり、父は父だ。知っていて使っていたのか、気づかずに使っていたのか、どちらにしても、私の父親には、おしゃれや高級品は似合わない。

「そうですか」

私の返事が、なにやら嬉しそうだったことに、時計屋が驚いた顔をした。それから小さな作業机に戻り、懐中時計を手に取って、また自分の時間の中に沈みこんでいった。

成人式

鈴音が笑っている。おひさまみたいな笑顔だ。

頭の上には、天使の輪。ふたつ結びの髪につけたカチューシャから針金が伸びていて、その先に厚紙でつくった金色の輪が揺れているのだ。

鈴音が歌っている。あさっての幼稚園の発表会で合唱する歌だ。まだ四歳だから、舌足らずで音程もはずれ気味。だいじょうぶ。いまだけだよ。もう少しすれば、お前は歌のうまい子になるから。

鈴音が踊り出す。電池で動く人形みたいに。片手には毛ばたき。本番の時には星の形の飾りがついたスティックを振る。それのかわりだ。

ソファの上に飛び乗って、ぴょんぴょん跳ねながら、劇の中のたったひとつのせりふを練習しはじめる。

「わたしはてんし。あなたのねがいをかないましょう」

同じせりふを飽きもせずに繰り返す。可笑しいから間違いを指摘したくなかったのだが、何度めかで私は吹き出してしまった。あははは。

「それ『かないましょう』じゃなくて『かなえましょう』じゃないの？」

私の言葉に、鈴音は口を縦長に開いた。両手で口に蓋をし、それから目玉をきょろりと真上に動かした。なにせまだ四歳。頭の中で考えていることがすっかり丸見えだ。「はっ」と驚き、「しまった」と思い、「はてな」と考えているのだ。一瞬ののちに、肉まんの皮みたいに目鼻がくしゅっと顔の真ん中に集まる。これは照れ笑い。

「まちがいた」

「だいじょうぶ、練習しよう」

「『かなえ』のれんしゅう。かなえましょう。かなえましょう。かなえ――」

鈴音が今度は座卓に飛び上がった。

「こらこら、そこには乗っちゃだめ」

三十三歳の私は、娘に甘い父親だ。我ながらまったく叱る声になっていない。鈴音はますます調子にのって、毛ばたきを振りまわして飛び跳ねる。そのとたん、足を滑らせて頭から床に落ちた。

「だいじょうぶか」

私はうろたえた声を出す。親バカだ。それでも娘を撮っていたビデオカメラを手放さないところはバカ親。泣き出した鈴音のかわりに答えたのは、背後にいた美絵子（みえこ）だ。

「だいじょうぶよ」

美絵子が飛んできて鈴音を抱き上げる。

「頭打ったみたいだ。念のために病院に――」

私の言葉に美絵子が呆れ声を出す。

「こんなのでいちいち病院に行ってたら、この子の場合、週に三日は行くことになるよ」

鈴音と過ごす時間が少ない私には返す言葉がない。私にとっては久しぶりの休日だった。勤めているＩＴサービスの会社の営業職は、残業が多く、休日出勤も当たり前で、鈴音の寝顔しか見られない毎日を過ごしていた。

「痛いのどこ？　ここね。はい、ちちんぷいぷい。痛いの痛いの飛んでけ～」

あやしなれている美絵子が魔法の呪文を唱える。何度も唱えているうちに鈴音の声が泣き笑いになった。母親の言葉をまねしはじめる。

「飛んでけ～」

「とんでけ～」

笑って、泣いて、また笑って。子どもはほんとうに忙しい。

美絵子の腕の中で鈴音が問いかけてくる。

「パパ、はつぴようかい、みにきてね」

「うん」

「ぜったいきてね」

「絶対行く」

結局、行けなかった。急なトラブルが発生して得意先に呼びつけられてしまったのだ。営業の私の仕事は、ミスをしたエンジニアに同行して一緒に謝るだけだったのに。行かなくても誰も困りはしなかったろう。困るとしたらそれは、査定に響くことを恐れた私だけだ。

翌年、鈴音が年長組になった最後の発表会には、何があろうと行くつもりで前日から有給休暇まで取ったのだが、鈴音がおたふく風邪にかかってしまって、結局本人が出られなかった。

常夜灯しかついていないリビングルームで、私は闇を四角く切り取っているテレビ画面の中の、四歳だった鈴音に語りかける。

「ごめんよ。行けなくて」

リビングの明かりがついた。ビデオカメラで撮影した録画を眺めている私の背中に、美絵子の声が飛んできた。

「まだ起きてるの」

あわててかたわらのリモコンを手探りする。音量は小さく絞っていたのだが、それでも音が消えてしまうと、部屋はがらんどうのような静寂に包まれた。

パジャマの上に羽織ったカーディガンの襟をかき合わせて美絵子が言う。

「ねえ、もう――」

「わかってる」

言葉にしなかった美絵子の言葉の続きは、こうだ。「ビデオを見るのはやめようって決めたよね」だ。

「ごめん、つい」

わかっているのだ。私たち夫婦にとって、見たくはない映像だった。見たくはないのに、見ずにはいられない映像だ。

鈴音はもういない。

私たちの一人娘は、五年前に亡くなった。十五歳だった。高校に入学する年の三月だ。

XX

その日のことを私は、ビデオ映像のように鮮明に思い出すことができる。何度も何度も頭の中で再生し続けているからだ。

三月初めの水曜日だった。いまにも雪が降りそうな風の冷たい朝だった。時間が不規則な私の会社の始業時間は遅めで、いつもは学校まで歩いて十五分かかる鈴音が先に家を出る。

その日の鈴音は洗面所でいつまでもぐずぐずしていた。髪がうまくセットできない、そうぼやいて。セットもなにも座敷わらしみたいなおかっぱ頭だ。どういじったってたいして変わりはないように私には思えた。

ぼやいている相手はもちろん私ではなく、美絵子だ。私と鈴音は二日前から口をきいていない。部屋から聞こえてくる音楽のボリュームに関して私が小言を言ったのが原因だ。それでなくても鈴音は——たいていの十五歳の少女がそうだと思いたいが——いつの頃からか父親の私とは必要最低限の会話しかしなくなっていた。

先に支度を終えていた私は時計を眺めて、美絵子を問いただすふうな口調で、洗面所の鈴音に聞こえるように声を張る。

「だいじょうぶか、遅刻するぞ」

そろそろ仲直りがしたかったのだ。支度が終わっているのにぐずぐずと食後のお茶をすすっているのは、鈴音と一緒に家を出たかったからだ。家から私が乗るバス停までは歩いて二、三分なのだが、そのあいだに、ひと言ふた言でも言葉を交わすつもりだった。

あきらめて玄関に立ち、靴べらを手にとった時、鈴音がようやく現れた。女子中学生特有のコートもタイツも身につけない、いかにも寒そうな格好だ。ただし首にはタータンチェックのマフラーを巻いていた。去年のクリスマスプレゼントに私が贈ったマフラーだ。

父親が年頃の娘にファッションに関わる贈り物をすることがいかに危険かは、この二、三年で身にしみていたが、といってぬいぐるみやおもちゃではもう喜んでくれない。美絵子の「そういえばチェックのマフラーを欲しがっていた」という言葉と、鈴音が好きな「緑色」を頼りに、何軒もの店を回り、若い店員の言葉に素直に耳を傾けて選び抜いた品だった。包みを開けた時の鈴音の反応はこのひと言。「ダサ」たぶんこれまでは一度も使っていなかったはずだ。

鈴音が私の顔を見ずに、二日ぶりに声をかけてきた。

「行ってきます」

マフラーが仲直りのしるしらしい。私は頬が緩むのをこらえて、照れ隠しのぶっきらぼうな声を出す。

「おう。急げ。あと十二分だ」

それが鈴音と交わした最後の言葉だ。私が靴を履き終える前にドアを開け、寒風の中に一人で飛び出していった。文字どおり、飛んでいってしまった。

「あと十二分」中学校の始業までの時間のことだ。

なぜ、あんなことを言ってしまったんだろう。

あの日以来、私はそればかり考えている。

交通事故だった。鈴音は信号のない道路を渡ろうとして、トラックに轢かれた。

あの時、急かすような言葉などかけずに、「急ぐと危ないぞ」「車に気をつけろ」と言ってやれなかったことを、あるいは照れたりなどせずに呼び止めて、「お父さんと途中まで一緒に行こう」そう言わなかったことを、私は繰り返し繰り返し後悔している。

いまでも夢想している。自分が鈴音と一緒に家を出て、バス停までの道を歩く情景を。

想像の中の鈴音は地団駄を踏むような足どりだ。

「急がないと、遅れちゃう」

想像の私は、現実の私よりものわかりがいい。

「だいじょうぶだよ、お父さんも昔はしょっちゅう遅刻してた」

そして、正門より近いフェンスを攀じ登って校庭を駆けた中学時代の前科を披露する。

せりふを変え、シーンを変えて、あらゆる夢想を続けているが、どの結末でも、鈴音は無事で、まだこの世にいる。

道を渡るのがあと数秒遅ければ、あるいは数秒早ければ、鈴音は助かったのだ。

現実の私は、停留所からバスに乗りこむ時、救急車のサイレンを聞いた。乗客の老婆が誰に言うともなく呟いていた。「朝っぱらから騒々しいね。何かあったのかね」私も心の中で思っていた。朝から騒々しいな、と。

あの時のサイレンの音も、私の耳に、消えない瘡蓋(かさぶた)となって張りついたままだ。

携帯電話に美絵子から連絡が入った時、私は電車の中だった。声がよく聞こえなかった。自分が忘れ物でもしたのだろうと考えた私の第一声は、のん気なものだった。

「いま電車の中。降りたらかけ直す」

だが、美絵子の声は止(や)まなかった。そこでようやく私は、受話口の向こうから聞こえているのが泣き声だと気づいた。

次の駅で降りてから、病院へ駆けつけるまでの記憶だけは、なぜか曖昧だ。降りたのがどこの駅だったのかすら覚えていない。ようやくつかまえたタクシーが黄色だったこと。病院の名前を告げた時、運転手が「奥さんのお産？」と聞いてきたこと。覚えているのはそれだけだ。車の中では美絵子の携帯が繋(つな)がらなかった。住む街にあるのに存在すら知らなかった病院は、石碑のように四角く陰気な色合いだった。

集中治療室のベッドに寝かされた鈴音には、意識がなく、人工呼吸器に覆われた血の気のない顔は苦しげに歪んでいた。

ベッドの脇で美絵子が懸命に呼びかけていた。

鈴音の口から声が漏れていた。低く続くその声にならない声は、呻き（うめ）というより、歌を歌っているように私には聞こえた。

鈴音は音楽が好きだった。苦しくて、自分を励ますためのメロディを口ずさんでいたのか、混濁した頭に浮かぶ夢の中で歌っていたのか。いまとなってはわからないが、せめて、楽しい歌であったと思いたい。

声をかけながら美絵子は鈴音の腕を撫でた。

「ちちんぷいぷい、痛いの痛いの、飛んでけ」

患者に触れることを看護師が止めなかったのは、いま思えば、もう助からないと経験的に悟っていたからではないだろうか。

医者には「五分五分です」と言われた。その言葉でようやく私と美絵子は、自分たちより先に死ぬはずのない娘が、死に瀕（ひん）している現実を悟った。もちろん良いほうの「五分」だけを信じたまま。

コインは裏だった。

119番に通報したのはトラックの運転手本人で、その運転手が救急車にも同乗して病院まで付き添ったと聞かされた時には、事故だから誰も責められない、と私たち夫婦は考えていた。だが、そのあと、じつは酒気帯び運転で、アルコールを抜く時間稼ぎのために付き添っていたらしいことがわかった。検出量が少なく、危険運転致死傷罪に問われなかったそいつは、もう刑務所から出ている。私は、やつのいまの住所を突き止めて、轢き殺してやろうと思ったことが何度もある。

いや、いまでも思っている。

XX

日曜日の朝、階下に降りると、ダイニングテーブルの上にランチョンマットが三つ敷かれていた。

いまの私は休日には必ず休む。鈴音が死んだ年に、しばらく休職した後、自ら配置換えを希望した。もう営業職を続ける気力がなかったのだ。

最初からそうすれば良かったのだ。鈴音と過ごす時間がもっともっとたくさんあっただろう。幼稚園の頃だけじゃない。鈴音が小学校に上がっても、中学生になっても、私は残業と休日出勤を繰り返す日々を送っていた。

ランチョンマットの上には、三人分の食器と料理が並んでいた。

美絵子の顔を見ずに私は言う。

「もう、やめたんじゃなかったっけ」

「だって、じゃがいもが余ってて。使わないと」

スパニッシュ・オムレツは鈴音が好きだったメニューだ。部活でテニスをやっていた頃は、私よりずっと大飯喰(おおめしぐ)らいで、こいつが食卓に出れば、パンでもご飯でも呆れるぐらい食べた。

「卵ももう賞味期限が切れちゃうし」

鈴音がいなくなった後もしばらくのあいだ、美絵子は三人分の食事をつくり続けた。霊前や仏前に供える膳ではなく、本当にきっちりと三人前を。四十九日が過ぎても、二か月経っても、「いつも三人分つくってたから、分量がわからない」「これは鈴音が好きだったから」あらゆる言い訳を口にして。

三か月が過ぎる頃に、私は言った。「もうやめよう」しばらくは私が朝食をつくり、夜は外食をした。美絵子の心の傷が癒えるまで。

それからは、誕生日やクリスマスや正月にだけ、三人で食卓を囲むことにしている。

美絵子が久しぶりに三人分の料理をつくった理由が、私にはわかっていた。じゃがいもも卵も関係ない。昨日、送られてきたカタログのせいだ。

昨日の午後だった。美絵子は夕刊を取りに行き、一緒にポストに入っていた郵便物をより分けていた。そして、急に声をあげた。

「えっ」

「どうしたの」

美絵子が手にしているのは角形の大きな封筒だった。指先を震わせて開封し、中身を取り出したとたんに、それを引き裂こうとした。ピンク色の表紙のカタログだ。ちぎれないとわかると、ページを剝ぎ取り、一枚ずつ丸めてゴミ箱のある方向に放り投げはじめた。怒った猫みたいな言葉にならない声をあげて。最初は、頭がどうにかなってしまったのかと思った。

「ねぇ、どうしたの、いったい」

手荒く開けられた封筒に目を走らせた。宛て先は、鈴音になっていた。

美絵子が一刻も早く紙屑(かみくず)にしようとしていたのは、着物のカタログだった。丸めようとして硬くてうまくいかず、雑巾のように絞りあげている表紙のページには、『成人式』『振袖コレクション』という文字が躍っていた。

どこでどうやって調べるのか、着物メーカーが古い個人データを元に送りつけてきたものだった。

美絵子が二階に駆け上がってしまったから、ひとつもゴミ箱に入っていない丸めたページは、私が拾ってゴミの袋の中に突っこんだ。さらにバラバラにして、固く丸めて。

「今日だけ。なんだか急にオムレツが食べたくなって」

卵料理が好きではないはずの美絵子がそう言い、いつもの二人だけのひっそりとした食事が始まった。

沈黙をなんとかしたかったが、言葉が見つからない。

「寒くなってきたな」

「そう？　まだ十月だよ」

「札幌で初雪だって。平年より三日早い」

新聞の見出しをそのまま読んでいるだけだ。

「今年は――いや来年は、正月休みにでも、どこかへ行くか？」

鈴音がいる頃には、年に一、二度は旅行へ行った。私が確実に休めるのは年末年始ぐらいのものだったから、高い料金には目をつぶって、正月を旅先で迎えることも多かった。温泉より、もっぱらスキー場だ。私も美絵子もスキーが好きで――なにしろ知り合ったのがスキー場だ――鈴音にも小さい頃から教えていた。二人きりになってしまってからは、どこにも一度も出かけていない。

美絵子が無言で首を横に振る。夫婦仲が悪いとは思わないが、私たちの会話は少ない。

よけいなことを喋りすぎると、思わぬ時に、過去のなにがしかの記憶の蓋が開いてしまう。それが怖いのだ。

この五年間で美絵子は、十歳ぐらい年をとったように見える。年より若く見られるタイプで、「鈴音と出かけたら、ご姉妹(きょうだい)ですかって言われちゃった」なんて小鼻をふくらませていたのは、もう昔話だ。髪を染めているのは、以前はなかった白髪を隠すためで、それも怠りがちだから、うつむくとつむじの辺りに白いものが見える。

人のことは言えない。そう言う私も、四十九歳なのに、ときどき自分が老人であるように思える。生きることに興味が薄れ、体力や気力の衰えに何の危機感も覚えない。

平均寿命まで生きてしまったとしたら、私にも美絵子にも、まだまだ嫌になるほどの人生が残っているのだが。

XX

それまでは気にとめていなかったのに、このところのテレビには、振袖姿の女の子が登場するコマーシャルが増えていることに私たちは気づいてしまった。このあいだの着物のカタログのせいだ。

晴れ着のＣＭだけでなく、まだ十一月だというのに、年賀状のＣＭ。年賀状を印刷するプリンターのＣＭ。カメラのＣＭ……。

出演しているタレントはたいていが二十歳前後の、鈴音が生きていれば同じ年頃だろう若い娘だ。

見かけるたびに、どちらかがテレビを消すのが、私たちの習いになっていた。いきなりぷつりと消すわけじゃない。口に出して何を言うわけでもない。次のＣＭタイムにまた流れるのを見たくないから、番組の途中でさりげなく消したり、席を立ったりするのだ。それが美絵子が毎週見ているドラマであっても。私が見ていた続きが気になるスポーツ中継でも。もう飽きた、というふりをして。

そのうちにテレビそのものを見なくなった。五年前と同じだ。

葬式を終えた後のしばらくのあいだ、ニュースや天気予報ぐらいは流していても、何かの拍子に親子三人で見ていたドラマや、鈴音が好きだったバラエティ番組が映ってしまったとたんに、消した。鈴音にだけ結末がわからないなんて不公平だから。鈴音はもう笑えないのだから。そもそも私たち夫婦には、自分たちだけ何かを楽しんだり笑ったりするのが罪悪に思えていた。

何年もかけて少しずつ、笑ったり、趣味に戻ったり、料理をうまいと感じたり、酒に酔ったり、ふつうにテレビを見たり、そういうことができるようになったのだが、また振り出しに戻ってしまった。

心の痛みは時間が解決してくれる。よく聞く話だ。そのとおりかもしれない。だが、解決するのは、いったい何年先なのだろう。

XX

美絵子が寝息を立てているのを確かめてから、寝室を出た。目覚まし時計のデジタル数字は、01：14。

音を立てないように、すぐ隣の鈴音の部屋のドアを開けた。

部屋は五年前のままだ。勉強机の上に置かれた筆立てや時計やディズニーキャラクターの小物入れも。本棚の本も。雑誌はどれも五年以上前の刊行年月日。ベッドの枕もとに並んだぬいぐるみは、シーツやブランケットを定期的にクリーニングに出す時だけ動かし、また元の位置に戻している。

この部屋だけは時が止まっている。壁には中学校の時間割もちゃんと貼ってある。失われたのは、主の鈴音だけだ。

五年前と変わったところがあるとすればそれは、本棚の上に二つの収納ケースが置かれていることだろう。蓋の透明なプラスチックケースには、DVDやブルーレイディスクが詰まっている。

鈴音が生まれてから十五歳までのあいだに撮った映像を記録したものだ。まだビデオカセットに記録していた時代のものも、すべてディスクに落としてある。見ないようにしようと二人で約束してここに置いている。そのくせ万一のデータの破損を恐れてスペアもつくっている。

私はその中の一枚を抜き出し、足音を殺して階下へ降りた。デッキにディスクを呑みこませる。テレビの電源を入れ、音がしないうちにボリュームを下げた。

繰り返し見ているから、最初に映るのが、白一色であることを私は知っている。

鈴音が中学三年の正月休みに家族でスキーに行った時の映像。三人の最後の家族旅行だ。この頃はまだ携帯で動画を撮る習慣が、少なくとも私にはなく、買ったばかりの小型ムービーカメラをウエストポーチに忍ばせていた。

次に映るのは、リフトを待つ鈴音と美絵子。鈴音は自分で選んだ、だぶだぶの焦げ茶色のスノーウェアを着ている。「熊と間違われて撃たれるぞ」という私のジョークは、鼻先で笑われた。背丈はいつのまにか美絵子と同じぐらいになっている。このあと私は、父親の当然の行為として、鈴音だけをアップにする。

鈴音は手袋をはめた両手を顔の横で熱意なく振る。

「いってきまーす」

ふてくされた声に聞こえるのは、本当にふてくされているからだ。この時の鈴音は、私がスキー場にまでビデオカメラを持ちこんだことに、いい顔をしなかった。「お父さん、もう子どもじゃないんだから、あんまり撮らないで。鼻水とか映っちゃう」

鈴音が私のことをパパと呼ばなくなったのはいつからだったっけ。

リフトに乗った鈴音が片足で履いているのはスノーボードだ。前の年に友だち同士でスキー場に行き、そこで覚えたのだそうだ。鈴音が中学生になっても、スキーを教える時だけは、私を尊敬のまなざしで見てくれていたのだが。

場面は、リフトで登った先の頂上に切り替わる。頂上と言っても、ゲレンデの中腹の中級者コースの頂上だが、はるか下を眺める鈴音の顔は輝いている。私がカメラを向けると、誰のまねなのか、レンズの前に手のひらをかざして言った。

「事務所を通してください」

ちょっと機嫌が直ってきたようだ。私の声が初めて入る。

「ほら、笑って。一たす一は？」

鈴音はやれやれという顔で、こう言った。

「三」

鈴音が滑り降りて行く。

何度も見返しているから、この後のシーンはよくわかっている。映っているのは、スキー場の青空だ。かっこいい父親の姿を見せたくて、カメラを構えたまま、片手ストックで鈴音の後を追った私は、途中で仰向けに転倒してしまったのだ。

遠くで鈴音の笑い声が聞こえる。

「もう、お馬鹿ぁ〜」

よりによって、それが鈴音を撮った最後の映像で、鈴音の最後の声だ。指を痛めた私が、カメラを持てなくなってしまったからだ。

最後の声をもう一度聞くために、映像を戻す。ボリュームを少しだけ大きくした。そのせいで、私が座ったソファに近づく足音には気づかなかった。

すすり上げる声で、美絵子が来たことがわかった。

恥ずかしい行為が見つかってしまったように、私は背筋を棒にし、反射的にリモコンに手を伸ばす。

「いいよ、見よう。わたしもそのつもりで起きてきたんだ」

美絵子はありったけのディスクを抱えていた。小脇には鈴音のいちばんのお気に入りだったウサギのぬいぐるみ。涙声で言葉を続けた。

「三人で」

言い終えたとたんに嗚咽（おえつ）した。両手からディスクがこぼれ落ちて、床に散乱する。

美絵子は這いつくばり、目尻を拭いながら、ディスクを拾う。涙で震える声で呟く。

「一月なんて早く終わっちゃえばいいのに」

私は一緒に拾っていた手を止めて美絵子の背中を撫で、あやすように叩く。自分自身が同じことをしてもらいたい気分だった。座卓の上に移されたぬいぐるみのウサギが、黒いビーズの瞳で私たちをじっと見つめていた。

「このままじゃ、俺たち、だめだ」

私も涙声になっていた。

美絵子は四つん這いでうつむいたままディスクを拾い続けている。冷えきった背中は、鈴音とよく似て、なで肩でほっそりしていた。

私は、ふいに思いついた言葉を口にした。

「ねぇ、いっそ成人式に出てみない？」

美絵子が洟(はな)をすする。

「何のために？　嫌だよ。そんなもの見たくない」

「違うんだ」私だってよその子どもの晴れがましい姿なんか見たくもなかった。腹に黒くどろりとした感情が溜(た)まってしまう気がする。「見に行くんじゃなくて、式に出るんだ」

「え？」

「替え玉受験ってあるだろ。あれと一緒」喋り出したら、止まらなくなった。どこかから言葉を吹きこまれたかのように。「替え玉成人式。お前が、鈴音のかわりに振袖を着るんだ」

美絵子が膝立ちになって、私のひたいに手を当ててきた。

「正気？」

「もちろん。俺も一緒に出る。鈴音のお前をエスコートする」

「馬鹿みたい」

「成人式って、確かフリーパスだっただろ。誰でも中に入れるはずだ」

「それ、昭和の話でしょ。しかもあなたの田舎の」

私の言葉に驚きすぎて、美絵子は泣くのを忘れている。そりゃあそうだろう。自分でも驚いている。俺、何を言ってるんだろう。前々から考えていたわけじゃない。美絵子の背中を見ているうちに、誰かにそそのかされたように思いついてしまったのだ。

「わたし、四十五だよ」

「だいじょうぶ。お前なら」

XX

六時すぎに家へ帰ると、美絵子は洗面所から顔を出した。なぜか簡易合羽(かっぱ)を着ていて、セミロングの髪を花びらみたいに何か所かに分けて束ねている。両手には薄手のゴム手袋。よく見ると合羽に見えたのは、穴を開けてかぶったゴミ袋だった。おかしくなってしまったのかと思った。

「なにやってる？」

「ヘアカラー。黒くしようと思って」

「黒くするのにも染めるの？」

「あたりまえじゃない。美容室に行くと、理由を聞かれたり、止められたりしそうで。だから自分で」

「なんで黒に？」

「鈴音がいま二十歳だったら、どんな髪にしたかなぁって、思って」

ようやく気づいた。昨日の私の言葉を、早くも実行に移そうとしているのだ。私のほうは、やっぱり無謀なことに思えて、「ごめん、忘れてくれ」と撤回しようと思っていたのだが。

私たちは昔からそうだった。結婚する前からずっと。妙なことを思いつくのは私だが、それを実行に移すのは、いざとなると腰が引けてしまう私ではなく、彼女のほうだった。新婚旅行の行く先を決める時、「オーロラを見に行こう」と酔った勢いで言ったのは、私。行き先をフィンランドに決め、当時はまだ珍しかったオーロラを見るオプショナルツアー付きの旅行プランを見つけてきたのは、美絵子のほうだ。「じつはスキー場以外の寒いところは苦手」とは言えなくなった。

たった二泊のオプショナルツアーでは、見られる保証はないと聞かされていたが、私たちは二日目の夜に、オーロラの中でもとくに珍しい、虹色のレイド・アーク・オーロラを見た。

ちなみに生まれてきた娘を「欧路麗（オーロラ）」と名づけようとしたのは私。四股名（しこな）じゃないいんだから絶対にやめて、と止めたのは美絵子だ。

「それで黒？　若いんだから、少しは染めるんじゃないかなぁ」

「いまの若い子はむしろ、黒なのよ」

「そうなんだ」

「長さは、このくらいでいいと思う」美絵子が束ねた毛先のひとつを、指ではじいた。

「高校に入ったら伸ばす。お母さんぐらいに、って、あの子、言ってたから。問題は、パーマをどうするかだけど――」

「そこまで真剣にならなくても」

「だめよ。はたちに見せるなんて無理だから、せめて振袖を着ても笑われない程度には若づくりしなくちゃ」

やる気じゅうぶんだ。本当にはたちに見せかけるつもりかもしれない。

結局、自分ではうまく染められず、翌日、美絵子は美容院へ出かけた。髪を漆黒にし、何をどうしたのか、パーマのかかっていた髪がストレートになっていた。

「美容室の人には、やめたほうがいいってさんざん言われたけど」

いいや、似合っていると思う。見慣れた妻が別の女性に見えた。

XX

また成人式の着物のカタログが送られてきた。今度はレンタル店のもの。私たちはそれを捨てたりはしなかった。ダイニングテーブルに広げて、ページをめくっている。成人式に美絵子が――いや、鈴音が――着ていく着物を選ぶためだ。

美絵子は簞笥の奥にしまってある昔の自分の振袖を着るつもりだったらしいが、最近になってこう言い出している。

「あれ、もう大昔の、会社の仕事始めに着て行った時代のだから。着物にも流行があるんだよね。いまの子の振袖って、昔とはぜんぜん違う」

独自に研究を重ねているらしい。将来、鈴音が着られるように、としまっていたはずだが、いま鈴音がいたら、きっと拒否されたと言う。まぁ、確かに、母親のお古では満足しないだろう。声が聞こえるようだ。「ダサ」

「じゃあ、この中だったらどれがいい？」

「うーん、どれも残りものっぽいな」

美絵子によると、このあいだのカタログもレンタルのこれも、駆け込み需要を狙ったものらしい。いまどきの成人式は親も当人も恐ろしく早く準備を始め、いい着物はすぐになくなるから、一年以上前から争奪戦が繰り広げられるそうだ。娘がいなくなった私たちは、そんなことも知らなかった。

私は目が眩（くら）むほどとりどりの色と柄の中に指をさまよわせてから、赤色の地に菊や牡丹（ぼたん）の花が散ったものを指さしてみた。

「これは？」

「無理無理。派手すぎ。鈴音のことばっかりじゃなくて、わたしの身にもなって。人ごとだと思って、無茶言わないでよ」

そうかな。鈴音というより、むしろ美絵子のことを考えて選んだつもりだったのだけれど。美絵子には赤が似合うと私は思う。二十二年前の結婚式の時の、お色直しのドレスも赤だった。

「人ごとなもんか」カタログの最後の見開きページには、添え物みたいに男物の晴れ着も掲載されている。私は意地になってそこをめくって、とりあえずいちばん派手なやつを指で叩いた。「俺はこれを着ていくよ」

「本気？」

真っ赤な羽織と、銀の地に菱形(ひしがた)の紋様が入った袴(はかま)のセットだった。

「おうよ。お前一人に恥はかかせられない」

「恥？　恥かくの、やっぱり」

勢いにまかせて言ってみたものの、若い細身のモデルの顔を、自分にすげかえたとたんに気が重くなった。美絵子が言う。

「なんか、荒れる成人式の荒れてる男の子の格好だよね」

「なるほど、その線でいこう。髪も染めよう」

美絵子が横目を走らせてきた。

「もしかして楽しんでない？」

「とんでもない」

結局、カタログの中ではおとなしめで、鈴音が好きだった緑色のものがベストという結論に達した。美絵子は明日さっそくこの店に行ってみると言う。

「あ、肝心なこと忘れてた。着付け、どうしよう」

「自分でできるんじゃなかったっけ」自慢げにそう言っていたはずだけど。

「うーん、昔、ちょっとかじっただけだから。髪だってちゃんとやってもらわないと」

夫婦の会話を取り戻すための遊び半分だった計画が、いつのまにか後戻りできないものになっていた。

「正直に言うしかないか。フローラに」

美絵子がため息をつく。〝フローラ〟は行きつけの美容院の名だ。美絵子のため息は聞きすぎるほど聞いてきたから、私にはわかった。いまのため息が、いつもと違って、ちょっと弾んでいることに。

XX

テレビ画面で晴れ着姿の娘が、振袖をはばたかせて飛び跳ねている。美絵子が見ていたドラマの合間のＣＭだ。

美絵子が「あっ」と小さく叫ぶ。

私は床に横たえていた体を「うっし」と起こして、座卓の上のリモコンをそっと手もとに引き寄せた。

「いいよ、このままで」

こちらに振り向いた美絵子の顔は真っ白で、白い顔の中に目と唇、鼻の穴だけが浮かんでいる。美肌パックをしているのだ。パックの裏側には、美魔女ご用達の緑茶ペーストなんとかが仕込まれているそうだ。

この一か月、美絵子は肌と髪の若返りに並々ならぬ情熱を注いでいる。少なからず金銭も。洗面台には久しく見かけなかったスキンケア用品が並び、浴室には私が使うのは「厳禁」のシャンプーとトリートメントと石鹼が置かれている。「ピーリングソープ」と呼ぶらしいその石鹼には、古くなった角質を除去し、肌をターンオーバーさせるために、皮膚の表面を溶かす効果があるそうな。私にはホラーの世界だ。

「いまの子のヘアスタイル、見た？」

「見てない」男が見るとしたら、まず顔と体だ。

「あのくらいのおとなしい髪型なら、わたしの年でも耐えられるかもしれない。どう？」

どう、と言われても。

「お願い」

「なんだ、スケキヨ」

「録画しておいて。二時間スペシャルだから、たぶんまたやると思う、あのCM。参考にしたいの」

美絵子が両手を顔の前に差しあげて、自分には操作ができないことをアピールしてくる。

手の甲はもっとも実年齢が出やすい場所だそうで、このところの美絵子は、毎晩、ハンドクリームを塗り、手袋をしているのだ。リモコンを操作できないと言いつつ、二の腕のたるみが取れるというローラーを操作していた。あんなもので贅肉が落ちるものだろうか、と訝りつつ、レコーダーの操作を終えた私は、日課の腹筋二十回×三セットに戻った。美絵子には「腹筋だけやっててもお腹は引っこまないと思うよ」と訝られているのだが。

真っ赤な紋付き羽織をまがりなりにも着こなすために、本番までに五キロ減量し、ウエストを五センチ細くするのが目標だ。

男の私は、はたちに化けるなんてとうてい不可能だから、道化に徹して、美絵子に向けられる視線を逸らす囮（おとり）になるつもりだったのだが——

やっぱり道化は嫌だ。

XX

正月休みの最後の日、私は美容院へ行った。初めて入る店だった。美容院で髪を切ってもらうのは学生時代以来だ。就職してからは、どうせたいした髪型ではないのだからと、床屋で切っていた。ここ何年かはなおさらで、おしゃれをしたい、かっこよく見られたいなんて欲望はどこかへ消えてしまっていて、1000円カットの店で済ませていた。

「どうします？」

流行のヘアスタイルをした男の美容師は、私の髪を一瞥（いちべつ）して、どうにもならないよな、という顔をしていた。何も考えていなかった。美絵子との約束を果たすために髪を染めに来ただけだ。

「いや、染めようかなって……」

確かに、いまの平凡なサラリーマン頭で、ヘアカラーもないだろう。「ほんのちょっとだけ染めてください。髪はてきとうに」という言葉を私は呑みこむ。

美絵子があんなに真剣になっているのだ。私の思いつきにすがりつくみたいに。自分だけ安全策をとっていいわけがない。

「思いっきり若づくりにしてください。色は金色がいいかな」

美容師が「おお」と声をあげた。予想外の気合の入ったオーダーが、プロフェッショナル魂に火をつけたようだ。早足で男性向けのヘアカタログを取ってきて私の前に広げる。

「どれ、いっちゃいます？」

「どれでもいいや。はたちに見えるぐらいにできないかな」

これは冗談だと思ったらしい。笑いながら答えてくる。

「三十五歳ぐらいでかんべんしてください」

明日から会社だ。ドレスコードが厳しい部署ではないが、髪を染めている男性社員は皆無。何を言われることか。

まぁ、いいか。何を言われようが、どうせ私は社内では「もう終わった人」だ。

途中で日和（ひよ）って心変わりしないように、目を閉じて眠ることにする。

目が覚めたら、自分が別人になっていることを夢見て。

眠りに落ちる前のぼんやりした頭で私は思った。転職してみようか、と。

XX

「やっぱり、やめよう」

美絵子が顔をこわばらせて囁きかけてくる。

「えーっ、いまさら、なにさ」

私たちはいましがた電車に乗りこんだところだ。座席はあらかた埋まっていたから、ドアの近くに立っている。

一月十一日。行き先は最寄り駅の三駅先にある、成人式の会場だ。美絵子は青竹色の振袖から腕を伸ばして、私の赤い羽織の裾を引っぱった。

「いまなら引き返せる」

電車は急行の通過待ちのために停車し続けている。美絵子の足はホームへ戻りたがって、草履をぱたぱた鳴らしていた。

怖じ気づいているのは私も同じだった。車内のそこここには、晴れ着の娘たちや、スーツを着慣れていないことが一目瞭然の若い男たちがいる。「本物」を見た瞬間、自分たちが、お互いを慰め合って幻想に溺れていただけの、まがい物であることに気づかされてしまったのだ。

　美絵子は朝早く予約していた美容院に行き、着付けをし、ヘアメイクをして戻ってきた。すっかり支度を整え終えた自分を姿見で見た瞬間に、現実に引き戻されたのだと言う。

「ぜったい、むり。人には見せられない。髪型は地味にしてってお願いしたのに」

　黒いセミロングをうなじで束ねて片側に流したヘアスタイルだ。自分の妻ながら、美絵子には似合っている。確かにたんぽぽの綿毛みたいな毛先の跳ね具合に、少々驚きはしたが。私たちはおもに美絵子の意向で五年前からセックスレスが続いているが、近々解禁して欲しいと思ったほど。

「そうかな、似合ってるよ」

　私はともかく、美絵子は遠目には誤魔化せると思う。近づいても――三十代前半には、見える、かもしれない。

「あと、この髪飾りも。花はやめてって言ったのに、これしかないって」

「取っちゃえばいいじゃないか」

「それはだめ。飾りと髪型は一心同体なの。おかしな飾りでも、なくなるともっと変になっちゃう」

「難しいもんなんだな」

　そうこうしているうちに、発車のチャイムが鳴り、ドアが閉まってしまった。

「あーあ、笑われちゃったらどうしよう」

美絵子が嘆く。心配には及ばない。もう笑われている。

美絵子は気づいていないが、青竹色の肩ごしに、新成人の男女混合のグループが横目を走らせ、声を殺して笑っているのが、私には見えていた。

「なんだか、ドサ廻り（まわ）の演歌歌手みたいじゃない、わたし」

「それを言えば、俺は、そのドサ廻りの司会の売れない芸人か？」

電車の中で視線を集めているのは、むしろ私のほうだと思う。笑われているのは、遠目では気づかれないほど、うまく若い娘に化けた美絵子ではなく、化けようもない、真っ赤な羽織と銀の袴を身につけた奇妙な中年男だ。この日のために三キロまでは減量したのだが、当然、何の役にも立っていない。

私は、サイドを刈り上げ、頭頂だけ立たせた髪を撫ぜてみた。美容院で勧められるままに買った泥ワックスをつけすぎたか。立たせた髪がてのひらに突き刺さるようだ。

髪の色は、アッシュブラウン。私は「金」でもやぶさかではなかったのだが、美容師に止められた。「お客さんの場合、髪を短くして染めるとヤバイっすよ。良くない意味で……けっこう、そのォ、コワイってゆーか……金髪にすると、しゃれになんないっす」

部下や同僚にはさんざん冷やかされたが、上司から目を逸らされたのは、そのせいだろうか。試しに私を笑っている若い男たちに、眉根を思いきり寄せ、目を細めた顔を振り向けてみた。声のない嘲り笑いが一瞬にして止まった。

「着いちゃった。降りよう」

「このまま引き返しましょう。そのほうが身のためよ」

和服を着ているせいか、美絵子のせりふは時代がかっている。

「いや、予定通り、いざ決行だ」

私も時代錯誤の口調で言い、美絵子の腕をとってドアの脇の手すりから引きはがした。いま引き返したら、また嘆きと悔恨の日々が始まってしまう。それを今日で終わりにしたかった。

鈴音のためというより、自分たちのためだ。たぶん、私たちは、同じところを揺れてばかりの悲しみのメーターを、どこかで大きく振り切らねばならないのだ。

私と美絵子にも成人式が必要なのだ。

駅から会場の市民文化センターまでの道のりは、市中引き回しに等しかった。前も後ろも横も、着飾った新成人ばかり。私と美絵子は、白鳥の群れに紛れこんでしまったドードー鳥だった。

「ねえ、笑われてるでしょ、私たち」

顔をうつむかせたままの美絵子は、公開処刑の場へ引き立てられているような足どりだ。

「自意識過剰だよ。自分で思ってるほど、他人って、人のことを気にしちゃあいないんだ」

鈴音の葬式の時には、多くの人が泣いてくれた。親族はもちろん、鈴音の友だちや同級生、近隣の人々、私と美絵子の友人も。

だが、五年経ったいまはどうだ。みんな鈴音のことをけろりと忘れて生きている。当たり前だ。他人なのだから。忘れられずにいるのは私と美絵子だけ。

私は唯一同じ悲しみを共有している、すぐ隣を歩く、奇妙な若づくりが似合っていると私には思える、四十五歳の乙女の腕を手にとった。

「気にするな。他人を自分を映す鏡にしなきゃいいんだ」

文化センターの前は、待ち合わせをする若者たちであふれかえっていた。美絵子はますます身を縮めたが、彼らの関心はもっぱら、おしゃべりやスマホや自分自身のファッションに注がれているようだった。とはいえ、私たちの姿に目を止めると、必ず三通りの反応が返ってくる。驚くか、呆れるか、笑うか。

人垣を強引に掻き分けて入り口に向かう私たちに、押し退けられた怒りが増幅させた容赦のない囁きが飛んできた。

「なんだよあれ、なんかのパフォーマンス？」

「オッサンだよな、どう見ても。それかトクシュな病気か」

「頭のビョーキじゃね」

「女の子は老け顔なだけじゃない？」

「老けすぎだろ」

白いもこもこのショールの中に顔を埋めて外界をシャットアウトしていた美絵子の耳にも、言葉の断片が入ったのだろう。

「いま、なんか言われた」

「ああ、あの子、大人っぽくて素敵、だってさ」

美絵子が、鈴音みたいな呆れ声を出す。

「お馬鹿」

エントランスを抜けたすぐ正面には検問所のように受付カウンターが据えられていた。

足早に素通りしようと思ったのだが、スタッフの一人と目が合ってしまったのがまずかった。

「あのー、すみません、保護者の方はご入場できませんので」

受付のスタッフも新成人の有志なのだろう。新調のスーツを着た細身の若い男だ。私は真っ赤な胸を張って言う。

「保護者じゃありません。本人です」

スタッフの目が泳いだ。ヤバイのが来ちまった、という顔だった。私は強行突破を試みる。だが、もう一人の男の受付、大柄な体を突っこんだスーツがはち切れそうな若者に、立ちはだかられてしまった。

「招待状はお持ちですか」

細身の男よりずっと世馴(よな)れた口調だった。私は着物の懐に手を突っこみ、羽織の袖を振ってみせてから答える。

「あ、忘れた」

はち切れスーツは、私の茶番劇につきあうつもりはないようだった。

「申しわけありません。招待状のない方の入場は、ご遠慮いただいております」

「いやいや、さっきの子は持ってなかったじゃないか」

揉めている私たちの目の前で受付を済ませていた、女の子たちのことだ。一人が「忘れてきちゃったぁ～」と嬌声(きょうせい)をあげたら、細身はにやけた顔で中に通していた。

はち切れスーツは、学生ではなく社会人だろう。堅い仕事についていることを想像させる調子で言った。

「住所を確認できれば問題はありません」

「住所、書くよ」

私は完全に、自分じゃない誰かになっていた。どこかで鈴音が見ているような気がして、弱気な姿を見せたくなかったのだ。心は鈴音をエスコートする若き茶髪の、赤い羽織の馬鹿男になりきっていた。

「お引き取りください」

美絵子はもこもこショールに顔を埋めて、私におろおろした視線を走らせてくる。話が違うじゃないの、と訴えているのかもしれない。

背後から声が飛んできた。

「あれ、鈴音の――」

色とりどりの着物に身を包んだ女の子三人グループからだった。紫の振袖を着た子が、私たちに目を丸くしている。美絵子が安堵の混じった声をあげた。

「ああ、郁美ちゃん」

郁美ちゃん。覚えている。鈴音の中学時代の友人だ。家にもよく遊びに来ていた。だが、私が覚えているのは、ころころしていて、キノコみたいなおかっぱ頭だった女の子だ。目の前のはたちの郁美ちゃんは、ずいぶんスリムになって、アップに結ったオレンジ色のちりちり髪を頭の上で爆発させていた。睫毛は歯ブラシのよう。鈴音はストレートヘアで黒髪だったに違いない、というのは親の幻想だったかもしれない。

「どうしたんですか、そのカッコ?」

「それがね——」

私たちはとりあえず受付の前から退却することにした。

「そうなんだ。鈴音の代わりに……鈴音のこと、思い出せてなくて、ごめんなさい……うちらに早く相談してくれればよかったのに」

見かけは変わっても、郁美ちゃんの気立ての良さは変わっていないようだ。美絵子の言葉に涙をすすりあげていた。

「ちょっと待ってて」

郁美ちゃんはスマホを手に取って、あの長い爪でどうやってと思う早わざでメールだかラインだかをし、それが終わると、今度は何人もに電話をかけた。

いくらもしないうちに私たちの周りに、会場のどこかにいた郁美ちゃんの知り合いが集まりはじめた。開始時間が迫る頃には、十人を超えた。

郁美ちゃんがみんなから集めた招待状を束にして、どさりとカウンターに置く。

「招待状でーす。十三人だけど、三人忘れてて、十枚」

郁美ちゃんの仲間の男の一人は、はち切れスーツと顔見知りらしい。

「いいよな、ヤマシタ巡査」

本物の警官かただのあだ名かは知らないが、はち切れスーツのヤマシタ巡査は、まだ何か言いたそうな顔をしていた。その口が開く前に、私と美絵子を真ん中にした集団は、ひと塊になって場内に突入する。ヤマシタ巡査に敬礼と挨拶を送って。

「ちぃぃーす」

私も言ってやった。

「ちぃぃーす」


昔からそうだったたし、何かの期待をしていたわけではないが、式は退屈そのものだった。新成人たちは、市長の挨拶や来賓の祝辞なんぞは聞いちゃあいない。てんでに喋る声が唸(うな)りとなって場内に反響していた。どこかの元校長だという教育長が喋り出した時には、ヤジが飛んだ。まぁ、三十年近く前の私も似たような若者だった気がする。

だが、今日の私は、私とそう年の変わらない壇上のオッサンたちの言葉に素直に耳を傾けた。美絵子も神妙な面持ちで聞いていた。そう、今日出席しているのは、私たちではなく、鈴音なのだから。鈴音がおとなしく祝辞を聞く子に育ったかどうかは、ひとまず置いといて。

「見たかよ、いまの。オバちゃんだろ、どう見ても」

私たちの斜め後ろでひそめ声が聞こえた。

「なんでここにいんの？　頭おかしい？」

いましがた、ヤジのするほうに振り向いた美絵子のことだ。美絵子がまたもや身をすくませてしまった。私は素早く声のする方向に首をねじった。

派手な羽織を着た男二人だった。美絵子よりさらに奇怪な新成人である私に、揃ってぽかんと口を開けた。

「なんか言ったか？」

内心ではチキンハートを震わせていたのだが、私は凄(すご)みを利かせた表情をつくって眼(ガン)を飛ばした。二人はすみやかに目を逸らした。

美絵子が私の袖を引っぱって言う。

「やめなさいよ」

もっとやって、とけしかけるように。

式が終わり、出口へ向かう列に加わった。周囲からの視線はもう気にならなかった。美絵子もそれは同じだったようで、列が混み合って後ろから押されると、私の腕に両手をまわしてきた。

美絵子と腕を組むなんて何年ぶりだろう。五年ぶりどころか、鈴音が一人歩きをはじめた頃からは、揺れる電車に乗った時ぐらいになっていた。

「なんだか楽しい。鈴音には申しわけないけど」

美絵子の声は弾んでいる。

「俺も。鈴音はきっと文句を言わないよ。俺たちが笑ってたほうが、あの子だって嬉しいはずだ」

鈴音がまだ二歳か三歳だった頃、私たち夫婦は些細(ささい)なことで喧嘩をし、ダイニングテーブルの向こうとこちらで沈黙をお互いの武器にした冷戦に突入したことがあった。その時鈴音はリビングで読んでいた絵本を放り出して、私の顔を下から覗きこんで、まだうまくまわらない舌でこう言った。

「いちたすいちは？」

美絵子の前に行って同じことをした。

「いちたすいちは？」

カメラで誰かを撮る時の私の決め言葉だ。いつも「はい、チーズ」ではなくこっちを使う。鈴音はそれを覚えていて、笑顔をつくる魔法の呪文だと思いこんでいたのだと思う。

ホールの前庭から郁美ちゃんが手を振ってきた。

「鈴音パパ〜、鈴音マ……鈴音〜、いっしょに写真撮ろ」

桃色の振袖の子が、手にしていた紙を広げた。

「じゃ〜ん、鈴音のこと、忘れててごめんなさい」

A3の紙には、鈴音の原寸大の顔があった。

五年前の写メールの保存画像をコンビニでプリントして、拡大コピーしたものだそうだ。

鈴音は笑っていた。ちょっとぼやけていたけれど、気にはならない。年頃になって、私のカメラから逃げるようになると、こんなふうにしか写らない写真がやたらに増えたものだ。

私は半泣きで、美絵子は大泣きで、十人以上いただろう若い男女にまじってカメラに向かってピースサインをした。

「さすが美魔女。鈴音ママ、本当にはたちに見えるよ」

スマホを構えた郁美ちゃんにそう言われて、美絵子は泣きながら笑って、おばちゃんっぽく片手を招き猫みたいに振っていた。

私は美絵子を——美絵子の鈴音だけを撮るつもりで持ってきたカメラを取り出す。

「今度は、こっちに撮らせてくれ」

鈴音の写真を顔の隣に広げた美絵子の周りにみんなが集まる。

カメラを向けた瞬間に、郁美ちゃんの言葉がかなりなお世辞であることがわかった。本物の二十歳に囲まれてしまうと、可哀(かわい)そうだけれど、やっぱり美絵子の年は隠せない。若い子たちは、女の子はもちろん男の子も、艶々した肌が陽(ひ)の光をはね返して輝いている。美絵子の場合、光を吸い取ってしまっている。

別にいいのだ。そこが大人の魅力というものだ。今度のシーズンが終わるまでには、美絵子と二人でスキーに行こうと私は決めた。いっそカナダまで行って、ついでにオーロラでも見てこようか。

美絵子と鈴音だけをアップにして、こっそり一枚撮ってから、私はロングショットに切り替えた。

ファインダーの中のみんなの顔が豆粒ほどになる。豆粒になってしまえば、美絵子の年齢もめだたない。もともと顔だちが似ているから、美絵子は本当に鈴音になった。

十五歳の鈴音と、はたちの鈴音と、その友人たちと、美絵子と、一月の寒空に向けて、私は声を張り上げた。

「一たす一は?」

えーっ、チーズじゃねぇの、という声は無視。もう一度繰り返す。

「一たす一は？」

そして、はたちになっても、父親からカメラを向けられたら、こう言うに決まっているせりふを、心の中で呟いた。

「三」

解説

斎藤美奈子

荻原浩さんと私は、同じ大学の同じ学部、しかも同じ学年だったらしい。らしい、というのは学生時代には接点がなかったためで、それはおそらく学内での生活圏の差に由来する。インタビュー記事などによると、荻原さんは文化系の花形サークル・広告研究会の所属、私は学内のヤサグレ者の吹きだまり・新聞会のメンバーだった。

広告と新聞は、似ているようで、志向性がかなり異なる。当時（なにせ七〇年代だ）の新聞会員ときたら「広研なんて資本主義の手先じゃん」とかホザいていたのだから、面目ないのを通りこして赤面するしかない。

大学を卒業したのは一九八〇年。バブルの到来にはまだ間があったが、エズラ・F・ヴォーゲルの『ジャパン アズ ナンバーワン』（一九七九）なんていう本がベストセラーになっており、日本の企業では年功序列賃金も終身雇用制も健在で（男性はね）、日本はこのまま経済大国への道を走り続けるのだと思っていた。

卒業後の荻原さんは、希望通り（たぶん）広告会社に就職し、後にコピーライター

（当時の最先端の職業だ）として独立。さらに九〇年代後半、アラフォーにして小説家に転身する。華麗な経歴。林真理子さんみたい！

一方、私は……なんて話はどうでもいいね。

と、こんな話をもちだしたのは、べつに思い出を語りたいからではなく、作家が歩んできた時代について記しておきたかったからである。親は戦中世代で、高度経済成長期に子ども時代をすごし、七〇年代に中学・高校・大学生活を送り、よくも悪くも浮かれていた八〇年代に職業生活をスタートさせ、三十代でバブルとその崩壊を経験し、四十歳を前に少し疲れて立ち止まり……。あくまで憶測だけれども、荻原さんが小説を書きはじめた理由のひとつは、バブル崩壊後、少し時間のゆとりができたためではないだろうか。少なくとも同じころ、出版社の下請けを業務とする編集プロダクションで働いていた私が評論のまねごとをはじめた理由のひとつはそれだった。「二十四時間戦えますか」の時代には、本業以外の書き物なんてできなかったのよ。

さて、『海の見える理髪店』は荻原浩（ここからは作家と批評家なので呼び捨て）の直木賞受賞作である。多くの読者が思ったはずだ。

いまごろ直木賞？　遅すぎるだろっ！

デビューして十九年。その間、彼は多彩な作品を精力的に書き続けてきたからだ。

荻原浩は、何よりもまずアイディアの人である。小説すばる新人賞を受賞したデビュー作『オロロ畑でつかまえて』（一九九七）にしてからが、人口三〇〇人の過疎の村と社員が三人しかいない零細広告会社がタッグを組んで村おこしに挑むという「アイディア一発勝負」みたいな作品だった。それだけじゃないよ。

金魚が少女に変身するとか、父がクロマニヨン人の少年とか、縄文時代の恋愛とか、そんなの、誰がわざわざ小説にします？　アイディア一発勝負のはずが、なぜかみごと形になる。それが荻原作品の小憎らしいところなのだ。

リーダブルにして奇想天外、そうした数々の長編小説に比べると、本書は一見手堅い「職人芸的短編集」に見えるかもしれない。「匠（たくみ）の技」とか「熟練の味」とか「円熟味を感じさせる」とか、いささか荻原浩らしくない評言まで思い浮かぶ。

個別の作品を見てみよう。

ここに収録された六編は、いずれも家族の物語である。

表題作はタイトル通り海辺の理髪店が舞台。「僕」はこの理髪店の評判を聞きつけて、遠路はるばる訪ねてきた。店主は意外に饒舌（じょうぜつ）で、自身の半生を尋ねもしないのに語りだす。〈私、生まれは東京なんです。長屋ばっかりの下町でしたがね〉

戦時中の男はみな丸刈りで、戦後は髪の毛を佃煮屋（つくだにや）に売り、慎太郎刈りが流行し、ビートルズの時代には床屋は商売あがったりで……。そんな昔語りの途中、店主は語調を変えずにするっというのだ。じつは私、人を……。

ンギャー、ほんと？　そう、小説の空気はここで一変するんです。喉に当てられた剃刀が冷たいよ、そりゃ。だが、ここで一発逆転をキメた後、最終盤で物語はさらにもう一回転するのである。店主は「僕」の頭の傷の原因を知っていた。「僕」もまた、評判だからというだけの理由でこの店に来たのではなかった。はたして二人の関係は……。

これとややテイストが重なるのが「時のない時計」だろう。

こちらの舞台は商店街のはずれの時計屋。「私」は死んだ父の形見である古いブランド物の腕時計の修理を依頼しに来た。仕事にしか興味のないサラリーマンだと思っていたのに、父の死後、母は思いがけないことをいった。〈お父さん、見栄っ張りだったから。自分の着るものにはぱあっとお金をつかっちゃうの〉。

父の意外な側面を知り、家計が苦しいと思い込んでいた「私」は理不尽な思いにかられるが、最後の最後で、物語はやっぱりもう一回転する。時計屋は冷笑的な言葉を口にした。ひとついってもいいですかね。この時計は……。

父と息子の関係は微妙である。秘めた思いを率直に語れない。昭和生まれの父と息子は特にそうだった。だから、互いを理解するのに恐ろしく時間がかかるし、理髪店の鏡だの古い時計だのといった小道具が必要になっちゃうのよね。

一転、「いつか来た道」の語り手は女性である。

「私」こと杏子は母との折り合いが悪く、十六年前に家を出たまま一度も帰っていない。最後に母に会ったのは十三年前の父の葬儀の席だった。いま会わないと後悔すると弟にいわれ、しぶしぶ実家に帰った「私」が見たのは、昔と同じ、アトリエにいる母だった。元美術教師で、独自の美意識を持ち、娘たちにも厳しかった母。その性向が変わっていないことにウンザリしつつ、やがて「私」は認知症が疑われる母が抽象画に込めた意味を知る。古い時間の中に生きる母と、母の呪縛に囚われてきた娘。母から解放された杏子が、少女時代の自分とも決別するラストが印象的だ。

もう一編、「遠くから来た手紙」も女性の物語。

結婚して三年。口うるさい義母とマザコン気味の夫に辟易し、幼い娘を連れて実家に戻ってきた祥子。実家では両親と弟夫婦が同居しており、なんとなく居心地が悪い。そこに突然届いた「向暑の候」なる謎のメール。〈其の后　元氣に過ごして居る事と想います。私も元氣一パイ任務に精進して居ます〉

なんなのこれは!?　だけど話はここで終わらない。謎のメールと前後して、彼女は自分自身の過去と対面するのである。〈二十年前の私と孝之は、いまの二人をどう思うだろう。私の夢はなんだったっけ。子持ちの主婦でなかったことは確かだ〉

四編に共通するのは、「過去の発見」ないし「過去との決別」だろう。

「海の見える理髪店」の店主と青年はこの日を境にわだかまりから解放され、「時のない時計」の主人公は、止まった時間に囚われた時計屋とは裏腹に、動きはじめた腕時計とともに明日への一歩を踏み出すだろう。「いつか来た道」の杏子もそう。昔の自分と向き合った「遠くから来た手紙」の祥子は夫との関係を修復し、なおかつ「子持ちの主婦」から一歩外に飛び出すかもしれない。

過去と向き合うっていうことは、未来に向けて踏み出すこと。いいかえると、止まっていた時間が動き出す瞬間を、これらは描いているんですね。

「成人式」は、それがもっともわかりやすい形で示された作品だ。

十五歳で事故死した娘のいた日々が忘れられず、五年たった現在でも娘が写ったビデオをくり返し見ている夫婦。〈このままじゃ、俺たち、だめだ〉そう思った夫は妻に突飛な提案をする。娘の鈴音あてに届いた成人式用の着物のカタログに触発されての思いつきだった。〈ねぇ、いっそ成人式に出てみない？〉〈替え玉成人式。お前が、鈴音のかわりに振袖を着るんだ〉。めそめそしていた空気が一変、ここから先は荻原浩の真骨頂ともいうべきドタバタ喜劇がくり広げられる。

舞台が現代であるにもかかわらず、どの作品にもどこか懐かしい昭和の香り、レトロ感が漂っている。それは個人史を超えた時間の流れが、それぞれの物語に埋め込まれているからだ。理髪店の店主（計算では昭和六年生まれ）が語る半生は、戦中戦後の歴史とき、きれいに重なる（「海の見える理髪店」）。昭和三十四年に開店した時計屋には四十年の時間が刻まれ、さらに空襲で焼けた先代の時計屋の記憶も背負っている（「時のない時計」）。「いつか来た道」「遠くから来た手紙」では、「実家」が過去を象徴する場所として登場する。どの作品にも、時代を感じさせる色とりどりの大道具や小道具が配されている。アイディア一発勝負の大ボラなのに、なぜ荻原作品がリアリティを感じさせるのか、本書で理由の一端がわかるはず。アイディアの人に見えて、そのじつ荻原浩はディテールにこそ心血を注いでいたんじゃないかって。

これらの短編が書かれた二〇一〇年代は、「失われた二十年」にリーマンショックや東日本大震災が加わって、下り坂感の強い時代だった。高度経済成長期からバブル期まで、上り坂の時代を走り続けてきた人たちにとって、二十一世紀の光景は、必ずしも芳しいものではなかった。各編の主人公がみなどこか元気を失っているのも偶然ではないだろう。それでも過去に淫せず前を向け、とこの短編集は読者に促す。

最後にもう一編、「空は今日もスカイ」にふれておこう。

三十代以上の大人を描いた短編集の中で、これだけはちょっと異質。小学生でも読めそうな（そして共感しそうな）児童文学風の作品だ。

主人公は小学三年生の茜。英語を勉強中の茜にとって〈英語は魔法の呪文だ〉。〈英語にすれば、毎日のどうでもいいものが、別のものに見えてくる〉

母ちゃんはマミーだし、ダメ父ちゃんはダディー。両親が離婚し、その後父が死に、母とともに親戚の家に身を寄せることになった茜は、ある日、〈生活なんか嫌いだ。茜はライフがしたい〉と考えて家出を企てる。そして出会ったのが森島陽太。茜は彼を「フォレスト」と名づけ、「海の家」を目指して歩きはじめるが……。

海のないビレッジに来て居場所がない茜。親の虐待から逃げてきたフォレスト。二人を助けるホームレスのビッグマン。ラストシーンで際立つのは子どもの無力さだ。他の五編とちがい、この作品だけは救いがないように見える。

でもね、フォレストと茜の手には〈ビッグマンが手のひらに書いてくれた、フクシの連絡先〉が握られているのである。冒険家志望の茜は、いつかきっと立ち上がるだろう。いますぐでなくても。ずっと先だったとしても。茜とフォレストにとっても、この日の体験は止まっていた時間が動き出した瞬間だったのだと私は思う。

本書に、この一編が含まれていることの意味は大きい。彼らにとっての未来は、まさにここからはじまる。荻原浩は未来を信じている。これはそういう短編集なのだ。

（さいとう・みなこ　文芸評論家）

初出　「小説すばる」
海の見える理髪店　二〇一二年十二月号
いつか来た道　二〇一五年十月号
遠くから来た手紙　二〇一四年一月号
空は今日もスカイ　二〇一二年三月号
（集英社文庫『短編少女』収録）
時のない時計　二〇一四年十二月号
成人式　二〇一五年十二月号

本書は二〇一六年三月、集英社から刊行されました。
ＪＡＳＲＡＣ　出１９０４２２９-１１１
本文デザイン　大久保伸子
本文イラスト　新目恵

荻原　浩の本

さよならバースディ

舞台は霊長類研究センター。研究者の恋をまじえ、実験対象のボノボをめぐってまき起こる人間ドラマ。優しい視点で、愛する人を失う哀しみと学会の不条理を描く上質のミステリー。

集英社文庫

荻原　浩の本

千年樹

いじめに悩む雅也はくすの巨樹の下で自殺を考え……「萌芽」。千年を生きる木のもと、人間たちのドラマが、時代を超えて交錯する。ミステリアスな連作短編集。

荻原　浩の本

逢魔が時に会いましょう

民俗学者布目准教授と助手の真矢。座敷わらしを探す旅で、子供が8人いる家族を訪問。いつしか子供がひとり増え……。座敷わらし、河童、天狗と怪しいもの探しの笑って泣ける珍道中。

集英社文庫

集英社文庫　目録（日本文学）

集英社文庫

海の見える理髪店

2019年5月25日　第1刷
2021年6月6日　第11刷

定価はカバーに表示してあります。

著　者　荻原　浩
発行者　徳永　真
発行所　株式会社　集英社
東京都千代田区一ツ橋2-5-10　〒101-8050
電話　【編集部】03-3230-6095
【読者係】03-3230-6080
【販売部】03-3230-6393（書店専用）
印　刷　凸版印刷株式会社
製　本　凸版印刷株式会社

フォーマットデザイン　アリヤマデザインストア　　マークデザイン　居山浩二

ISBN978-4-08-745872-5 C0193